U0024551

財神門徒

之6

險中求財

劉晉成 著

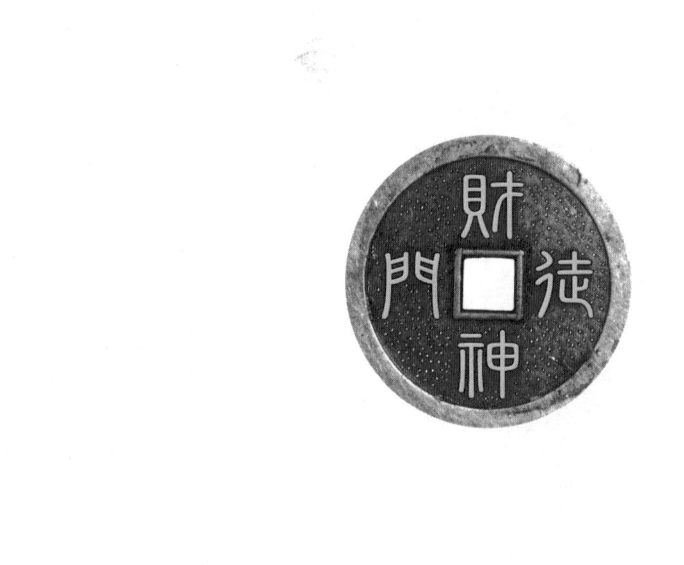
財
徒
神
門

目錄

第一章

激情影片惹大禍

到了洪晃家裏，第一眼見到洪晃險些沒認出來。

他認識的那個洪晃不見了，變成了一個雙目無神、頭髮凌亂、身軀佝僂的病態小老頭。

「老洪，你這是……」劉三見洪晃這般模樣，卻一點也沒有嘲笑他的心情，反而心裏隱隱難受：「老洪，不是聽說你要提分行副行長了嗎？怎麼弄成這樣了？」

洪晃歎了口氣：「常在河邊站哪有不濕鞋，我是[illegible]小人暗算了。」

第二天早上，汪海到了公司，他已準備好了資料，正打算上午拿去交給洪晃，正當他打算出門的時候，忽然接到了洪晃的來電。

「喂，洪行長，我正打算去你那呢，啥事啊？」

洪晃一早上網看到了那段影片，怒不可遏，心知自己的前途算是完了，別說升遷，就是現在的位置也保不住了。他氣得破口大罵：「汪海，我不都已經答應你了嗎！為什麼還要害我？那樣做對你有什麼好處！」

汪海被他劈頭蓋臉罵了一通，還沒明白過來洪晃為什麼突然發飆，問道：「洪行長，我聽不懂你說什麼，到底出啥事了？」

「裝！你還裝！」洪晃氣得摔了電話，老淚縱橫。不多時，他就被上級領導叫去談話了。他知道這一去就跟幹了半輩子的工作說拜拜了。

汪海坐在辦公室裏正在納悶，又接到了萬源的電話。

「老汪，你快上網！洪晃你認識吧？」

聽到這個名字，汪海的心一下子提到了嗓子眼，顫聲道：「認、認識。」

萬源道：「網上正在傳他的激情影片呢，你快去看看吧！」

汪海的手機掉在了地上，終於明白為什麼洪晃一大早就發飆了。他不用上網去看，那影片沒人比他更熟悉了。洪晃完了，他也完了。沒錢還給劉三，那傢伙還不活活撕了他。汪海辦法都想絕了，也湊不來那麼多錢，實在不行就只能跑路了。

汪海至今仍不清楚那段影片是怎麼流出去的，他根本沒想到會是林東搞的鬼，因為他和萬源一樣，以為死了的李虎就是林東。

「媽的，到底誰在搞我！」汪海在心裏怒吼，看到任何人都像是見到了仇人。

情報收集科的人打聽到了洪晃被革職查辦的消息，很快就傳到了林東的耳裏。

「太好了，洪晃垮台了，我看汪海還能怎麼辦！」

林東心情大好，估計劉三還不知道這個消息，拎起電話打了過去：「喂，三哥，汪海的錢要回來了嗎？」

劉三正躺在院子裏曬太陽，笑道：「沒，那小子實在沒錢，說過十來天就能拿到錢，我寬限了他幾天。」

林東心想，劉三肯定是占了汪海的便宜了，否則以他的性格怎麼可能寬限那麼久，於是笑道：「洪晃被革職查辦的消息你知道嗎？」

劉三不知林東為什麼提起那人，洪晃也是溪州市有頭面的人物，他倆是認識的，「知道，剛發生的事情，怎麼，難道跟汪海有關？」

林東沉聲道：「三哥，別怪兄弟沒提醒你，汪海跟你說十來天後能還錢，錢就是準備從洪晃那裏貸的。你若不信，可以找洪晃問問。」

劉三聞言，頭腦裏一片空白，好半天才回過神來：「哎呀，汪海！」

「好了，三哥，我知道的也就這麼多了，不說了，掛了啊。」林東冷笑著掛了電話。

劉三急於想站起來，用力過猛，弄翻了躺椅，啃了一嘴泥，慌忙叫來司機，往車子走去：「快，去洪晃家！」

到了洪晃家裏，第一眼見到洪晃險些沒認出來。他認識的那個洪晃不見了，變成了一個雙目無神、頭髮淩亂、身軀佝僂的病態小老頭。

「老洪，你這是……」劉三見洪晃這般模樣，卻一點也沒有嘲笑他的心情，反而心裏隱隱難受：「老洪，不是聽說你要提分行副行長了嗎？怎麼弄成這樣了？」

洪晃歎了口氣：「常在河邊站哪有不濕鞋，我是遭小人暗算了。」

「是不是汪海？」劉三主動把汪海的名字說了出來，一顆心已提到了嗓子眼。

洪晃轉臉看了看他，反問道：「你怎麼知道是他？」

看來林東沒有騙他，劉三一拍頭：「哎呀，這孫子從我那借了一億五千萬的高利貸，說是過幾天就能還，他是不是找你貸款了？」

洪晃點點頭，隨即醒悟過來，朝劉三撲了過去，一把掐住劉三的脖子：「劉三，沒有你，老子也不會落到這步田地，老子掐死你。」

劉三的手下趕緊過來把洪晃拉過去，這樣一弄，兩人算是撕破臉了，劉三對著洪晃的臉上踹了兩腳，罵道：「洪晃，老子忍你很久了，敢打老子，你當你是誰？喪家之犬！」

劉三只覺脖子上火辣辣地疼，一摸脖子，滿手都是血，顯然是被洪晃撓破的，氣得他又朝洪晃的肚子上踹了兩腳。本來還想給他點顏色瞧瞧，但洪晃忽然提出菜刀衝了出來，嚇得劉三等人抱頭鼠竄。

劉三還沒到家，就接到了手下婁義的電話，他心情很不好，氣鼓鼓地問道：「婁二，怎麼啦？」

婁義的聲音顯得很急：「三哥，不好了，汪海這廝好像要跑路了，他現在在往機場的路上。」

汪海帶著所有存款、金條、手錶等所有值錢的東西趕往機場，他心知是無力償還劉三那筆巨額高利貸了，所以選擇了跑路。在訂好當天的機票之後就開車直奔機場去了，到了機場，他進了候機區，坐下來沒多久，就見一群兇神惡煞模樣的人擁了進來。

汪海心知不好，肯定是劉三派來抓他的，提著行李趕緊溜，本想找個地方躲起來，反而暴露了行蹤。眼尖的一個混混瞧見了他，招呼同伴追了過來。汪海體胖步伐慢，跑了沒兩分鐘就被追到了，他畢竟當過兵，手上有兩下子，打翻了跟得最近的兩三個，卻終究雙拳難敵四手，被打翻在地。

劉三也已趕到了機場，汪海挨了好一頓毒打，被帶到劉三面前的時候已經看不出原來的模樣了。一個堂堂上市公司的大股東，一個不可一世的梟雄，就這樣跪在地上向一個禿頭圓肚的胖子乞饒。

「汪海，你膽子真大！洪晃被你玩成這樣，現在不死不活的，你還敢逃跑，是不是想把我也玩了！」劉三厲聲道，面色恐怖而猙獰。

「三哥，洪行長的事情真不能怪我，不是我把影片傳到網上去的。您想想，我汪海就是腦袋被驢踢了，也不可能幹那事啊，損人不利己的事情我幹嘛要做呢？三哥，我是冤枉的……」

劉三相信那段影片不是汪海散播出去的，但汪海與洪晃之間的恩怨不是他所關心的，他唯一關心的就是汪海能不能把錢還上。

「閉嘴！老子只要你還錢，你跟洪晃的破事，老子不愛聽！」劉三怒吼道。

汪海閉嘴不說了，劉三順了氣，指著汪海道：「說，打算怎麼把錢還我？」

汪海抬起滿是傷的臉：「三哥，你把我放了，我回去一定好好想辦法還錢。」

「把你放了？」劉三連連冷笑，「你不會逃嗎？」

汪海把頭搖得跟撥浪鼓似的：「三哥，從這次我就看出來了，我就是那孫猴子，你就是如來佛祖，我怎麼著也逃不出您的手掌心。再說了，您不放了我，我上哪兒想辦法弄錢去？」

汪海後面的話打動了劉三，劉三何嘗不想做了汪海，但一想到人死債清，他就得控制自己的情緒。想想把汪海扣在這裏實在不是個辦法，倒不如放他回去想辦法，只要讓手底下人盯緊了他，想必汪海也逃不出他的手掌心。

「想回去？」劉三冷笑，「今天太晚了，明天吧。」

劉三起身，對婁義等人說道：「好好伺候汪老闆，明早送他回家。」

婁義等人理會劉三的意思，哈哈一笑，齊聲道：「三哥放心，保證讓汪老闆忘不了，且在以後的日子裏時常回憶起這個晚上。」

在汪海出逃的第一時間，林東就得知了這個消息，除了劉三的人馬之外，情報收集科也有員工在監視著汪海的一舉一動。當得知汪海往機場趕去，林東就知道他的跑路計畫肯定會失敗。果不其然，很快收到了汪海在機場被綁走的消息。

林東決定去見一見劉三。第二天上午，他一個人開車到了劉三的家裏。

劉三遞了根煙給他，歎道：「汪海是抓回來了，可他究竟去哪兒湊錢呢？」

林東笑道：「我今天正是為這事來的，三哥，你可別忘了，他可是亨通地產的控股股東！」

劉三皺眉想了想：「這我知道，那又能怎樣？」

林東道：「他雖然沒那麼多現金給你，可股票有的是啊，那也是錢啊。」

劉三一拍腦門：「對哦，老弟，我怎麼把這個忘了。但股票我不懂，還是看得見摸得著的錢拿在手裏比較放心。」

林東笑道：「三哥，我是玩股票的，你可以過戶給我。」

劉三看了林東一眼，嘿嘿一笑，心想難怪你小子對汪海這事那麼上心，原來也是打著算盤來的。

「好，這事就定了。」

婁義把汪海帶到劉三面前，汪海害怕劉三後悔放他走了，經過了昨晚一夜，他是寧願死也不願落在劉三手裏受折磨。

「汪海，有個事情跟你商量一下。」劉三笑道：「汪海，這個原本是你操心的事情，但是我這個人就是心好，替你操了不少心啊。我知道你也沒法子弄一個多億還我，所以我想到了個法子。你是亨通地產的大股東，可以拿你手裏的股票作抵押。」

「你要我的股票？」汪海詫然。

劉三點點頭：「也可以不要，前提是你弄來現金還我。」

汪海低頭想了想，他也實在是沒有別的法子，劉三的手段他算是領教到了，當下一狠心，只要能擺脫這個魔鬼的糾纏，他要什麼就給他什麼。他抬起頭道：「三哥，那就按您的意思辦吧。」

「痛快！」劉三哈哈笑道，「那咱就先來算算賬吧。汪海，本來咱們是說好收你五分利的，但是你已經把梅山別墅讓給了我，那就權當利息吧。你公司今天的股價是三塊，你欠我一億五千萬，應該給我五千萬股。說說你手上還有多少亨通地產的股票？」這些話都是崔廣才教劉三說的。

汪海握有亨通地產百分之四十的股份，差不多就是五千萬股左右，心想把股份全部給了劉三，他就跟辛辛苦苦一手創建的公司沒什麼關係了，但他別無他法，擺在眼前的這條路無論多麼黑暗也得走下去。

汪海張了張嘴巴，卻沒發出聲，如此一來，他真的是一無所有了。

幾天之後，林東接到了劉三的電話。

「林老弟，汪海已經把股票過到我的戶頭上了。你看我什麼時候過戶給你？」

亨通地產的股價每天都在狂跌，劉三是真心著急，所以在辦完過戶手續之後第一時間打電話給林東。

入主亨通地產是林東邁入實業的第一步，這是他經過深思熟慮的。雖然目前政府對房地產並不扶持，並且在貸款上諸多限制，但房地產的暴利是不言而喻的，只要有充足的資金，加上他與蘇城政府諸多官員的良好關係，林東相信由他掌控的亨通地產一定會有很好的發展。

關於資金方面，是林東最不用擔心的，金鼎投資的名聲已經打響了，越來越多的人投錢到他的公司。這筆錢他完全可以投到房地產中，然後通過房地產的高回報來回饋客戶，做到雙贏。同時，如果「希望一號」的錢投入亨通地產，那麼蘇城的許多官員就間接成了亨通地產的股東，這將大大方便他以後拿專案。

林東的身家早已過了兩億，有實力從劉三手裏收購股票。這次收購亨通地產的股票完全是他個人的行為，即便是日後虧損了，也由他個人承擔，不會對金鼎公司造成什麼影響。

林東站在窗前，彷彿看到了一座正在崛起的金色大殿，那是屬於他的金錢帝國！時至如今，他終於明白了以前進入玉片中所看到的含義，那一座雄偉的金色聖殿，就是預示著他將成為財神呀！不過他並沒有值得驕傲自滿的地方，他現在資產在蘇城都排不上號，更別說放眼全國了。再者，他現在所做的事情還只是替少數人牟利，還遠遠沒有做到為萬民牟利的初衷，所以對林東而言，這一切都只是個開端，後面的路還很長。

「喂，你看什麼入神呢？」高倩不知何時出現了，拍了林東一下，他才回過神來。

林東道：「沒什麼啊，在想一些事情。」

「叫了你幾聲都不吱聲，我還以為你鬼附身了呢。」高倩道。

林東笑了笑：「咦，你怎麼來了？咱倆已經有好久沒一起去看電影了。看完電影，我帶你去吃宵夜。」

到了電影院，卻意外碰上了一個人。林東想避開，但身旁的高倩卻拉著他走了過去。

「蕭警官，好巧啊，你也來看電影？」高倩挽著林東的胳膊，依偎在他的懷裏，滿臉笑意地看著對面的蕭蓉蓉。

真是冤家路窄，林東怎麼也沒想到會在這裏碰上蕭蓉蓉。

蕭蓉蓉神情淡漠，反問道：「怎麼，我不能來看電影嗎？」

說話間，一個身材高大魁梧的男人端著兩杯熱飲跑了過來：「蓉蓉，我買了你最愛喝的奶茶。」

林東與那人目光交接，二人的表情皆詫然，來的不是別人，正是蘇城四少之首金河谷！

金河谷冷冰冰地道：「喲，林東啊，真是哪兒都有你。」

他看了一眼林東身邊的高倩，心道這小子真是好豔福，怎麼每次身邊都有大美人相隨，心中生了個壞主意，笑道：「又換女朋友了？上次你身邊可不是這個女孩。」

高倩臉上閃過一絲疑惑的表情，金河谷的話顯然是觸到了她心裏敏感處，不免有些生氣，但因為蕭蓉蓉和金河谷在場，她忍住沒有發作。

林東不知蕭蓉蓉為何會與金河谷結伴來看電影，當他聽到金河谷稱呼她「蓉蓉」的時候，不知為何，心中竟是驀地一痛。時至此刻，他才明白，無論是出於男人的佔有欲作祟，還是自己內心深處真的喜歡蕭蓉蓉，這個女人在他心裏都是有一席之地的。

「蕭警官，我們先進去了，拜拜。」林東頷首一笑，拉著高倩進了電影院。

金河谷看著二人遠去的背影，又看了看面無表情的蕭蓉蓉，問道：「蓉蓉，你們認識？」

蕭蓉蓉冷冷道：「金河谷，我們還沒熟悉到那個地步，請你叫我蕭蓉蓉！」

原來，自打上次在溪州市滿腔熱情的表白被林東拒絕之後，蕭蓉蓉回到家中一直鬱鬱不樂。蕭父和蕭母不知女兒為何如此，出奇的是，蕭母給女兒安排了這一次相親，蕭蓉蓉竟然沒有拒絕。

心灰意冷的蕭蓉蓉本認為自己已對林東死了心，所以才答應相親的，但偏偏天意弄人，讓她在這裏再一次見到了林東，仍是忍不住心痛如絞，才發現這個男人從不曾在她心裏消失。

金家與蕭家一個是世代經商，一個是世代為官，在蘇城這塊不大的地界，兩家人常有接觸，但並沒有什麼交情。後來經中間人穿針引線，才有了這次相親。

在金家眼中，蕭家在蘇城的地位顯赫，如果金河谷能與蕭蓉蓉結成連理，這無疑會對金家產生諸多好處。而蕭家二老也是見過金河谷的，在他們眼中，金河谷少年老成，為人處世四平八穩，尤其難能可貴的是那麼年輕就接管了家族的生意，並打理得井井有條，他們認為金河谷是個不錯的候選人。

金河谷風流成性，這次相親他本來沒打算來的，但父親有命，他不敢不從，所以是抱著糊弄一下的心態來的，但當見到蕭蓉蓉的第一眼，他就改變主意了，告訴自己，不管下多大本錢，一定要把這個女人追到手！

「蓉蓉，電影要開始了，我們進去吧？」金河谷低聲下氣地道，生怕得罪了她。

蕭蓉蓉冷眼看了他一眼：「金河谷，我剛才說過什麼你忘了嗎？」

金河谷表情一僵，訕訕笑道：「蕭……蓉蓉。」

二人一起進了放映廳，恰巧他們的座位就在林東和高倩的後面，進來時，電影已經開始了，所以都沒說話。

這是一部輕鬆歡樂的愛情片，片中笑點不斷，透著濃濃的溫情。

電影結束之後，林東和高倩先出了放映廳。兩個單身男女來看愛情片，他知道，金河谷正在和蕭蓉蓉交往。想到此處，林東心裏憋了口氣，沒想到幾天不到，蕭蓉蓉就和別人開始交往了。但一想到金河谷是何等卑鄙的小人，他就不禁為蕭蓉蓉擔心起來。

「嗨！我這是怎麼了，既然自己給不了她愛情，為什麼還要干涉她的感情？林東啊林東，好好對待高倩才是你應該做的！」他在心中告誡自己。

出了電影院，抬頭一看，夜空中星月無光，正如他此刻的心情。

高倩今晚很開心，在與蕭蓉蓉的爭鬥之中她又勝了一局，最重要的是她看到了蕭蓉蓉旁邊有別的男人，以後應該不會再來纏著她的男人了。

「東，我餓了。」高倩搖著林東的胳膊，嬌聲道。

林東看到高倩嘟嘴的可愛表情，心情舒暢了許多，把她摟在懷裏，「走，我們去吃宵夜。」

「我要吃羊肉湯！」

「好，就去吃羊肉湯！」

電影結束之後，蕭蓉蓉就拋下了金河谷，一個人快步出了電影院，到外面取了車就走了。

最鬱悶的是金河谷，頭一次遇到這樣對他不感興趣的女人，雖然感到大失面子，但心中的佔有欲卻前所未有地膨脹起來，並且感到越來越有意思了。他已看出林東與蕭蓉蓉之間有點什麼，心想若能把蕭蓉蓉追到手，無疑將是對林東一次強有力的打擊。

金河谷深知，這世上對男人打擊最大的不是喪失名譽、地位、金錢，而是心愛的女人投入了他人的懷抱。

蕭蓉蓉漫無目的開著車，不知不覺來到了那個露天的溜冰場。這裏依舊很熱鬧，年輕人在歡聲笑語中揮灑著忙碌一天後僅剩的精力。她扶欄站在場外，淚水倏然落下。

「沒有你，我一個人照樣可以活得精彩！」

她擦了擦淚水，換上冰鞋，一個人在場中飛馳……像隻獨自起舞的蝴蝶，抑或像是一隻穿梭於狂風暴雨中的孤燕，那細若無聲的哭泣，正如暴雨中孤燕的呢喃，渺不可聞。

蕭蓉蓉一直溜冰到深夜，直到場中只剩她一人，若不是清場，她仍會繼續溜下去，似乎神經已麻木到無法感知疲倦似的。

她脫下冰鞋，走到場外，看到正在朝她笑的金河谷。

「你怎麼在這兒？」蕭蓉蓉問道。

金河谷搓著手：「我是開車跟著你來的。蓉……蕭蓉蓉，你溜冰的樣子真漂亮！」

蕭蓉蓉一看時間，已經深夜兩點，她是十點鐘到這兒的，也就是說金河谷站在場外吹了四個小時的風，難怪臉凍得通紅，不停地流鼻涕。這天寒地凍的，若是在場中運動還好，能在這風裏站四個小時，也算是一種毅力了。

蕭蓉蓉本不喜歡這人，但見金河谷為了等她站在風裏四個小時，她的心軟了。

「林老弟，你真夠意思，你這個朋友我劉三交定了，日後有事打聲招呼。」

劉三一臉喜色，亨通地產目前的股價已經到了每股兩塊五附近，如果以現價轉讓，劉三將損失一大筆，但林東主動提出以每股三塊錢的價格收購他手上的亨通地產，這讓劉三喜出望外，激動之情無法言述。

「三哥，我不能讓你吃虧，以後兄弟有難處，還希望三哥念著咱們的交情幫幫忙。」林東說著場面上的話，與劉三這種人打交道，交情什麼都是假的，只有利益才是永恆的。

二人分開之後，林東接到了宗澤厚的電話。

「林老弟，恭喜你啊！」

林東知道宗澤厚已經知道他收購了劉三手裏的股票，笑道：「同喜同喜，宗老闆，我得多謝你和畢老闆，不是你們幫忙，事情哪能那麼順利？今天晚上，我做東，咱們好好敘敘。」

宗澤厚笑道：「怎能讓你請客呢，理當我來。你千萬別跟我搶，否則就是瞧不起我。晚上六點，鼎輝國際大酒店見。」

林東也不客氣，笑道：「那恭敬不如從命，晚上見。」

第二章 監守自盜

保安笑道：「喲，你一個賊還怎麼看上去那麼憤憤不平啊？告訴你吧，這事歸我們保安處管，可咱們周處長帶頭往家裏拿東西，他可狠了，什麼值錢拿什麼。這叫什麼？這叫監守自盜！」

保安露出了得意的笑容，這成語是他昨晚剛在電視看到的，沒想到今天派上了用場。

林東倒吸了口涼氣，沒想到亨通地產內部已經腐朽到了這個地步，汪海啊汪海，你不垮台還有天理嗎！

掛了電話，林東也不急著回蘇城，開車去了海安證券在溪州市的營業部。他沒有提前給楊玲打電話，而是悄悄的上去找她。林東來過幾次這裏，所以當楊玲的秘書見到他之後想要進去通傳，被林東攔住了之後就放他進去了。

楊玲站在窗前，背對著門，正在打電話。

「吳總，感謝您對我們公司的信任與支持，我們一定努力做好這次發行。」

「嗯，好，那就這樣吳總，下次再見。」

楊玲掛了電話，一轉身，見到正在後面的林東，嚇了一跳，驚喜萬分，「你、你怎麼來了？」

林東笑道：「怎麼，不歡迎我來嗎？」

楊玲走過去關上門，過來抱住了他，「壞人，你知道我的意思。」

「好久沒見你了，過來看看你，好像瘦了。」林東道。

楊玲悲喜交加，心中又是激動又是委屈，這個人前的女強人的淚水說流就流下了，捏緊粉拳在林東結實的胸口軟弱無力的捶了幾下，盡情的釋放自己的情緒。

林東任她哭了一會兒，說道：「好了好了，再哭眼睛就紅了，待會出去被員工們看到了，可會影響你楊總威嚴的形象的。」

楊玲止住淚水，抽出幾張紙巾擦擦臉，情緒平靜下來，問道：「林東，你還沒告訴我你最近忙什麼呢。」

林東把近段時間發生的事情說了出來，聽得楊玲一顆心七上八下，天吶，她心愛的男人差點就被壞人殺死了。和楊玲聊了聊，林東感覺心裏舒暢了許多。楊玲無疑是個極好的傾訴者，她成熟睿智，且經歷過風風雨雨，這些都是高倩比不上的，當然高倩也有楊玲無法匹敵的優點。不過商場上的這些勾心鬥角之事，跟楊玲說顯然是最合適的。

或許正因為這個，林東今天才會想到來這裏找她。

「玲姐，和你聊聊天，感覺積鬱在心裏多天的黑暗成分都被釋放出來了，現在我心裏純淨得如秋天的萬里晴空，這感覺真好。」林東靠在沙發上，伸了伸懶腰，很舒服的樣子。

楊玲道：「你還是不夠成熟，不過這是急不來的，隨著你經歷的事情多了，自然就會成熟起來。林東，面對敵人，切記不要手軟。否則受傷害的就是你自己。大多數的成功者不是眾人抬起來的。而是踩著他人的肩膀一步步爬上來的，一將功成萬骨枯，說的就是這個道理。所以當你心裏厭倦那些爾虞我詐勾心鬥角的時候，會覺得自己面目可憎，其實你無須這樣。我們活在這個世上，為了讓你愛的人活得更好，只有使自己強大起來，軟弱是要不得的。你只要記住你所做的一切都是為了心愛之人，這一切就都有意義，所以不必自責。」

林東把楊玲摟在懷裏。深吸了一口氣，笑道：「玲姐，你真是個善解人意的知心姐姐。」

楊玲依偎在他懷裏，柔聲道：「我無非是比你多經歷了一些事情。」

林東道：「好。我心裏舒服多了。玲姐，這次來可是有正經事找你的。」

楊玲哼了一聲，「難道單純的來看看我就不是正經事麼？說吧，什麼事？」

「好事！」林東笑道：「我已經成為了亨通地產最大的股東，準備打算把名下亨通地產的股票全部托管在你的營業部，這算不算是一件好事？」

在A股如此低迷的情況下，證券公司的經濟業務是最難開展的。林東把亨通地產總值一個多億的股票托管到楊玲的營業部，這無疑是幫了楊玲一個大忙。

楊玲喜道：「太好了，有多少錢？」

「現在是一億多，但過陣子肯定會破兩億。嘿，說不定更多。」林東自信的說道。

楊玲湊過來在林東臉上親了一口，「親愛的，你幫我超額完成了一年的任務指標，剛才那個吻就算是我對你的感謝。」

林東搖搖頭，「我幫了你那麼大一個忙，一個吻就想把我打發了，哼，你休想。」

「那你要怎樣？」楊玲笑看著他，問道。

「不是我想怎麼想，而是你有沒有心的問題。」林東道。

楊玲想了一下，「啊呀，快到中午了，我請你吃頓飯吧？」

「這還可以，不過別去飯店。吃膩了，去你家吧，吃你親手做的飯菜。」林東笑道。

楊玲看了他一眼，明白了他的心思，俏臉一紅，低聲道：「只要你不嫌我做的難吃，那就去我家吧。」

還沒到下班時間，但楊玲是營業部的一把手，即便是不來上班也沒人敢說什麼，當下就與林東離開了辦公室。她很少在家裏開火做飯，所以午飯的一應食材都得現行準備，好在她家附近就有個大菜場。

到了菜場，楊玲轉悠了半天也不知道買什麼，到最後還是林東簡單的選了幾個菜，除了兩條鯽魚之外，全是蔬菜。

回到家裏，楊玲堅持不讓林東進廚房，說她廚藝已經有了長進，不需要幫忙。的確，自從林東第一次到她家吃飯，楊玲在廚房現了醜之後，她下廚房的次數就多了起來。

一個女人，如果不會做一手好菜，無論她取得多大的成就，那麼終究不是一個合格的好女人。

這是楊玲在一本記不得書名的書上看到過的話，當時很不屑，甚至心中憤憤不平，但經歷了婚姻的失敗和與林東的交往之後，她才慢慢感覺到書中說的或許真的有些道理。

她在廚房忙得手忙腳亂，到了下午一點多才做好了四菜一湯，把菜全部端到桌上，就請林東過來吃飯。

林東關了電視，走到桌前，嗅了嗅，笑道：「嗯，挺香的。」

「你等等，我去廚房拿筷子。」菜上齊之後，楊玲才發現沒有筷子。

林東攔住了她，笑道：「你辛苦了，拿筷子這種小事就讓我替你效勞吧。」

「嗯，好。」

林東進了廚房，見到滿室的狼藉，才知道做出這頓飯對楊玲來說是多麼的不容易，心中不禁生出些許的感動。

吃了這頓溫馨的午餐，楊玲小心翼翼的問道：「我的廚藝是不是見長了？」

林東點點頭，「是啊，顯著見長，比上次好太多了。」

得到他的誇贊，楊玲這才鬆了口氣，看來那麼多天的努力沒白費。

楊玲切了一個果盤，二人坐在沙發上，邊吃邊看電視。

「有句話叫什麼來著，飽暖則思……」林東扳過楊玲的臉，目光火熱的注視著她。

「討厭！」

楊玲面色緋紅，如飲了醇酒似的，嘴上雖那麼說，但心裏卻很歡愉，已勾住林東的脖子，自覺的閉上了眼睛。

一時間，滿室皆春……

楊玲下午沒去上班，三十幾歲的女人正是需求最旺的時候，但下午在與林東折騰了幾次之後，已是汗濕床單，疲憊不堪，昏睡了過去。

林東一覺睡到下午五點，醒來之後楊玲仍在沉睡，也就沒打擾她，穿好衣服洗了把臉就離開了她家。下午宗澤厚把地址發給了他，約定晚上六點在鼎輝大酒店富貴廳吃飯。

他到了樓下，給楊玲發了條簡訊，告訴楊玲他的行蹤，免得她醒來後擔憂。

林東如約趕到了鼎輝大酒店，找到了富貴廳，宗澤厚與畢子凱已經到了。

手。

「讓二位老闆久等了，待會兒我自罰三杯。」林東笑著走去，與他們一一握手。

三人坐定，畢子凱笑道：「恭喜林老弟，現在你是亨通地產第一大股東了，說說看，準備什麼時候上任？」

林東笑道：「我打算最近去跟董事會的董事們以及公司的中層領導見個面，瞭解瞭解情況。」

宗澤厚笑道：「林老弟，你還是趕緊上任好，你來了，我就可以把肩上的擔子卸下來了。不瞞你說，這代理董事長真不好幹，我年紀大了，吃不消啊。」

「宗老哥說哪裏話，我一個外來的和尚，對公司很不熟悉，還須你為我分擔。」林東表現出了應有的謙虛，他要團結好宗澤厚與畢子凱，得罪了這兩人，就算他是控股股東，辦起事來也會處處制肘。

畢子凱道：「大哥，我看林老弟是真心實意的，咱們該幫的忙還得幫啊，畢竟這公司也是咱們的。」

宗澤厚哈哈笑道：「我說不幫了嗎？只要林老弟不嫌我礙事，我願把這把老骨頭貢獻出來，為公司增磚添瓦！」

林東喜道：「老哥，就衝你這話，我待會兒得多敬你三杯。」

菜上來之後，三人邊吃邊喝邊聊。

林東道：「二位老哥，我有件事跟你們商議一下。汪海既然倒台了，是不是把公司的名字也換一換？」

宗澤厚與畢子凱沉吟了一下，同聲說道：「是該換換，公司更名，這算是開啟了新的征程。」

有了他倆的支持，想必其他董事也不會有意見，看來宗澤厚與畢子凱是真心願意配合他的。

「那改成什麼名字好呢？」畢子凱沉吟道。

林東笑道：「二位，金鼎建築如何？」

宗澤厚雙眼放出光芒，一拍巴掌：「這名字好！鼎是重器，象徵著無上的權力與地位，好名字，好兆頭！」

畢子凱也是連連稱讚：「林老弟，還是你們年輕人腦子活套，這名字確實不錯。依我看，公司就更名叫金鼎建築吧！」

亨通地產三個最大股東坐在一起，只要他們意見統一，這事就算是定下來了。

晚餐在愉快輕鬆的氣氛中度過，雖然三人大多數的時間都在聊著公司的事情，但因意見一致，所以十分投機。

賓主盡歡，晚宴結束之後，宗澤厚與畢子凱一直把林東送到門外，看著他上車離去。宗澤厚以略帶欣賞的口吻說道：「不卑不亢且有想法，子凱，這個年輕人不簡單吶！」

畢子凱冷笑道：「大哥，莫長他人志氣滅自己威風，他一個外人，董事會那夥人都聽你的，林東就是再有能耐，還不得看咱的臉色辦事！」

宗澤厚不置可否，淡淡道：「子凱，他可沒你想得那麼簡單。汪海是何許人物？咱倆跟他鬥了多年，傷得了汪海分毫嗎？你再想想汪海是怎麼走到今天這步田地的。別老想著爭權奪利，咱們跟汪海鬥了多年，公司搞得一塌糊塗，大家都掙不著錢，吃虧的是所有人，倒不如一團和氣，齊心協力把公司搞好，大家都賺錢多好！」

畢子凱連連點頭，贊道：「大哥。還是你深謀遠慮，有遠見，小弟愚鈍了。」

林東在路上給楊玲打了個電話，電話接通後，楊玲似乎有些不高興。

「應酬結束了？」楊玲冷冰冰的問道。

林東道：「是啊，結束了，跟你說一下。」

「下午走的時候為什麼不跟我講一聲？你知道當人家醒來後看到你不在身邊，

是什麼感受嗎？」楊玲似乎委屈的要哭了，聲音已帶了哭腔。

林東安慰她道：「玲姐，我是見你睡得正香，不願驚擾了你的美夢。」

楊玲也不跟他糾纏這個話題，轉而問道：「你今晚還過來嗎？」

「再看吧，我還得去見個朋友。」林東道。

「我等你！」楊玲倔強的道，掛了電話。

林東開車往陶大偉家去了，兩位好友邊喝啤酒邊看棒球，空檔時聊天。

陶大偉道：「林東，周銘的案子找到些線索了。據出事地點附近的一個村民說，出事的那天早上他看到了幾個人把周銘塞進了車裏，然後把車弄進了河裏。那村民家的一隻羊在夜裏從羊圈裏跑出來走失了，所以他一大早起來就急匆匆去找羊，看到了那夥人行兇殺人。」

林東急問道：「抓到那夥人了嗎？」

陶大偉答道：「根據村民對那夥人的相貌描述，局裏把目標鎖定在本市幾個混混身上，但他們都跑了。最近又有人在省城看見了他們，隊裏已經有同事趕去省城了，那邊的警方也會全力協助我們抓捕嫌疑人。」

林東一揮拳，激動地道：「太好了！抓到那夥人，說不定就可以找到幕後指使他們的元兇了。」

陶大偉笑道：「是啊，一旦被抓到，咱們有的是辦法讓他們開口。」

林東可以斷定，殺害周銘的幕後黑手和要置他於死地的是同一個人，一日不抓到幕後黑手，他就一日難得心安。這個消息對他而言真是太重要了，他終於可以鬆口氣了，並感覺到事情就快水落石出，元兇就要浮出水面了。

林東看了看時間，已是深夜兩點，起身道：「大偉，我走了，你早點休息。」

陶大偉拉住了他，「那麼晚了你去哪裏？不如就在我這睡吧。雖沒酒店的條件好，但也湊合，你又不是那挑剔的人。」

林東笑道：「不是我嫌棄你這裏，是有人在等我。」

陶大偉一臉壞笑，「明白了，你小子金屋藏嬌了是不是？既然這樣，我就不留你了，走，我送你到樓下。」

「好說好說，走了啊，你上去吧。」林東進了車，揮揮手，踩油門走了。

車子開到路上，想到楊玲很可能還在等他，就朝楊玲家的方向開去，到了小區門口，發了一條簡訊給楊玲。

「睡了麼？」

楊玲還沒睡，她睡了一個下午，根本不覺得睏倦，收到林東的簡訊，直接回了個電話過來，問道：「林東，你在哪兒？」

林東道：「我在小區門口。」

楊玲道：「那還不快進來，我下去接你。」

掛了電話，林東將車開到楊玲家的樓下，剛下車，就看到楊玲在寒風中裹著羽絨衣站在樓下等他，心中不禁一暖，有個在家等他回來的女人，這感覺真好。

二月一日，距離春節還有二十天。林東走馬上任，正式入主亨通地產。關於新任老闆是誰，長什麼模樣，甚至高矮胖瘦這些問題，早已在亨通地產內部風傳了好些天。

林東是一個人來的，沒帶一個隨從，當他到了亨通大廈，一下車，就響起了漫天的爆竹聲。宗澤厚率董事會成員及公司中層以上的領導站在門外熱烈歡迎他的到來。天氣很冷，但氣氛卻很熱烈。

林東面帶微笑，上前與眾人一一握手。眾人見新老闆一點排場都沒有，看上去沒什麼架子，竟然就那麼一個人來了，心裏都對他有幾分輕視。

宗澤厚與畢子凱一邊一個站在林東身旁，一步不離相隨左右，但大多數董事的態度都顯得有些漠然，而公司裏那些老員工老油子就根本不把這個年輕人放在眼裏，臉上笑著，心裏卻都在等著看一場好戲。

林東與眾人握完手，宗澤厚笑道：「林董，外面太冷，咱們去裏面看看你的辦公室，都已經裝修好了。」

二人笑著邁步進了大廈。除了董事會成員之外，其他中層以上的領導全部各回崗位了。亨通大廈一共二十一層，董事長的辦公室是在頂樓，當初汪海為了彰顯自己在亨通地產至高無上的地位，一個人霸佔了整整一層樓的空間，而他的辦公室更是大得可以打籃球，內部裝飾極盡奢華。

汪海倒台之後，宗澤厚就下令把董事長辦公室新裝飾一番。汪海愛炫富，所以辦公室的內部裝飾顯得豪華富貴。依宗澤厚對林東的瞭解，這是一個極為注重實幹的人，排場方面不太講究，所以就告訴下面的人，要把董事長辦公室裝修得簡單而實用。為了這事，工程負責人傷透了腦筋，最後決定在用料方面要選取那些看上去很低調的料子，但是一定不能便宜，這畢竟是董事長的辦公室，代表著整個公司的門臉。

裝修好之後，宗澤厚就下令把門鎖了，等林東親自開啟這扇象徵著亨通地產至高權位的大門。保衛處的處長周建軍一直跟在後面，看到林東到了門前，也無需吩咐，立馬走上前來恭敬地送上了金色的鑰匙。

「董事長，請您開門！」周建軍躬身笑道。

林東手裏捏著鑰匙，看看身旁的宗澤厚與畢子凱，笑道：「宗董、畢董，這是……」

畢子凱笑道：「這是你的地盤，裝修好之後從沒人進去過。林董，別客氣，開門，讓我們也進去參觀參觀，哈哈……」

林東料想這必是宗澤厚的安排，看來他也是有心之人，安排周到，竟連這些細枝末節都想到了。林東心裏感激，點點頭，邁步上前開了鎖，推開了這扇厚實沉重的雕龍繪鳳的大門，進入了一片新的天地。

「宗董、畢董，咱們一起進！」林東誠摯地邀請道。

最大的三個董事一起邁過了那道大門，其他董事魚貫而入，緊隨其後。

林東原本以為他在金鼎投資公司的那間總經理辦公室已經是很大很豪華了，但進了這間董事長辦公室，才深深感覺自己是世面見得太少了。這間董事長辦公室共分為五間，分別為秘書辦公室、會議室、會客室、辦公室和休息室。

就拿最外面的秘書辦公室來說，就要比林東在金鼎投資公司的那間辦公室寬大氣派豪華幾倍，裏面的會議室足足可以容納三十幾人，有一百多個平方米。會客室雖然不大，但卻是最講究最豪華的地方，畢竟是要給客人看的，要做足場面，除了有千冊精裝藏書，更有古玩木雕，大多雖屬仿製，但也是出自現代名家之手，價值不菲。

休息室是供董事長休息的，有近百個平方米，推開門一看，就像是進了一家豪門富戶，各式傢俱應有盡有，皆是名貴珍品。牆壁上裝有隔音設備，關上門，即便是在裏面大喊大叫，外面也聽不到，因而休息室歷來也是發生風流趣事最多的地方，高官富商皆是如此。

最後來到的是董事長辦公室，這間辦公室足有近百平方米。林東四下掃了一眼，裝修看上去簡單雅致，於極簡中追求大雅，很符合他的審美。

「宗董，你們真是有心了，林東感激不盡。這辦公室我很喜歡。」林東笑道。

林東圍著寬大的辦公桌繞了一圈，這個辦公桌要比他在金鼎投資公司的桌子寬大兩倍，看上去色澤深厚，帶著古樸之氣，應該是名貴的木材打造而成的，桌上面配有最先進的辦公設備。辦公桌旁放置了一個金屬桶，高約一米左右，裏面放置了幾根高爾夫球杆。義大利純手工製作的羊毛地毯踩上去鬆軟無聲，有種飄飄然的感覺，很是舒服。地毯中間露出一個圓洞，是為了玩室內高爾夫而準備的。

若是讓林東自己決定，他是絕不會花這麼多錢來裝修辦公室的，亨通地產現在的狀況他也清楚，入不敷出，已經連續兩年沒有盈利了。在這種情況下，公司上下就應該勒緊褲腰帶，一門心思謀求發展。他作為公司的最高領導人理當以身作則。

不過轉念一想，董事長的辦公室代表這家公司的門臉，確實不能太寒酸了，否則會被人誤認為公司沒實力，很可能喪失很多機會。

參觀完辦公室，時間已至中午。畢子凱道：「林董，我們已經安排好了酒席，今天中午和董事會交流交流。」

林東點頭：「好啊，酒桌上好談事，也放得開。」

林東走在最前面，剛走到門口，忽然一個滿臉鬍渣、蓬頭垢面的肥胖男人迎面撞了過來，「砰」地一聲，林東身軀一晃，而那人卻趔趄幾下跌倒在地，怒罵道：「哪個不長眼的東西撞我？」

「汪海！」眾人看清了他的模樣，皆是驚訝。

汪海抬起頭，看到剛才撞到的是林東，以為大白天見了鬼，坐在地上瞪大眼睛看了好一會兒才醒悟過來，這明明是活生生的人，林東根本沒有死。再看這陣勢，宗澤厚與畢子凱分立在他的左右，身後跟著董事會那幫人，難道說林東……是亨通地產的老闆了？

「林董事長，要不要把這個人趕出去？」周建軍討好地問道。

汪海聽得真真切切，林董現在是他一手創建的公司的董事長了，霎時他如遭重擊一般，神態呆然，想起自己垮台的種種，分明就是暗中有一隻黑手推動事情的進展。

汪海忽然間發了狂，衝過去要和林東拚命。周建軍急於在新主子面前表現一番，大喝一聲，擋在了林東身前，攔住了汪海，三拳兩腳把汪海打趴在地。

汪海心知這裏沒人把他當人看，再鬧下去他也占不到便宜，與其被人看笑話，不如早點離開好，等見了萬源，再商量下一步該怎麼辦。

汪海現在這副模樣著實讓人看著可憐，林東也忍不住生出幾分憐憫之心，但一想到之前汪海曾想迷姦溫欣瑤，以及處處和自己作對，甚至買兇殺自己，他就又硬起了心腸，心道這一切都是汪海咎由自取。

午餐是在亨通大廈不遠處的一家叫著「食為天」的大酒店吃的，宗澤厚介紹說這家酒店是亨通地產的全資子公司，公司舉辦活動或是招待客戶基本上都是在這家酒店，肥水不流外人田嘛。

林東問起亨通地產為什麼會有一家搞餐飲的子公司，畢子凱說著全虧了汪海。當初食為天經營不善，已經快要倒閉關門的時候，汪海和這裏的老闆娘好上了，不顧董事會的反對，執意要收購這家酒店。後來食為天在汪海的大力扶持之下，生意漸漸紅火起來，後來隨著公司主營業務的衰敗，食為天搖身一變，成為亨通地產唯一賺錢的部門。畢子凱還調侃道，這不能不佩服汪海的遠見卓識啊。

酒是人際交流中最好的媒介，席間林東挨個敬了在場所有董事，酒品見人品，他的豪爽與海量為他增色不少，也拉近了與其他董事之間的關係。一頓飯吃完，當場就倒了幾個董事。

下午，林東去了辦公室。宗澤厚中午喝了不少，下午回去休息了，由畢子凱陪著林東。

進了辦公室，外間的那間秘書辦公室坐著一名風姿妖嬈的女秘書，年紀大約在二十歲上下。那女孩見了林東，不慌不忙走了過來，朝林東躬身行了個禮，笑道：「董事長好，我叫明淑媛，是您的秘書。」

畢子凱見林東一臉疑惑，把他拉到一邊，道：「林董，明淑媛之前一直是汪海的秘書，雖然年輕，也是公司的老人了，很熟悉這塊工作，加上時間緊迫，不一定能找到更好的。從各方面說，她都是個不錯的人選。」

林東毫不掩飾自己的不悅，他清楚畢子凱為什麼為這女人說話，料想中間必有內情。他哀歎一聲：「畢董，這可難為我了。我過來之前，女朋友一再吩咐我不能有女秘書，你看能不能換一個？」

明淑媛以前跟著汪海，現在又有畢子凱為她說話，林東心知這女人不簡單，不能留在身邊，於是就找了個藉口要換秘書。

「這……」

畢子凱臉上顯露出為難之色。汪海垮台之後，明淑媛也自然失寵，公司裏對她指指點點的人頗多，誰不知道她就是汪海的小蜜。不過這女人頗有心機，知道畢子凱好色，便主動勾引，成功將畢子凱收為裙下之臣，畢子凱答應保住她的位置。

「畢董，我得罪不起女朋友。蘇城的高五爺你知道？他的女兒就是我的女朋友。若是讓她知道我違背了她的吩咐，還不帶人把這裏砸了？」林東裝出一臉苦相，事實上他可以強硬地表示不要明淑媛做他的秘書，但那樣做肯定會得罪畢子凱，得罪畢子凱就相當於得罪了以宗澤厚為首的那夥人。他初來乍到，許多地方還得仰仗宗澤厚與畢子凱，所以不打算傷了和氣。

畢子凱聽到高五爺這名字，眼皮一跳，連連點頭，望了明淑媛一眼，心想也只能依了林東，便說道：「林董，既然這樣，就由你自行挑選，我們不再干預。」

林東一個下午都在辦公室，公司各部門的頭頭聽說他在，為了贏得新任董事長的好感，甭管有事沒事都紛紛前來彙報工作。林東聽了一下午彙報，除了那些奉承的話，也聽到了一些有用的資訊。

由於汪海沉迷於享受，亨通地產沒能抓住房地產業井噴的發展機遇，以至於步步落後於其他公司。拿不到好地皮，專案開發困難，資金回籠慢，一系列連鎖反應造成公司資金鏈斷裂，無法給員工更好的待遇與發展，造成人才流失，公司業績越來越差。

通過分析，林東找出了問題的關鍵，只要解決資金短缺的問題，專案就能盤活，就有實力去競爭好地段。而對於公司目前處於停工狀態的爛尾專案，他心中已經有了打算，只等提交董事會通過就大刀闊斧搞個驚天動地！

臨下班前，財務部的負責人芮朝明走了進來。

「林總，我是財務部的芮朝明，有些事想跟你聊一聊。」

「請坐下說。」林東面帶微笑道。

芮朝明坐了下來，顯得有些局促不安，似乎在想話該怎麼說，好一會兒才開口說道：「林總，我猶豫了半天，還是決定過來找您。林總，我這個財政部部長還繼續幹嗎？」

「為什麼問這個問題？」林東笑問道，所有部門的主管都來彙報了工作，他正奇怪為什麼財政部的頭頭遲遲不來。

「因為我是汪總提拔的，」芮朝明隨即又補充了一句，「剛提拔不久。」

這事林東聽宗澤厚提起過，對芮朝明這個人也有些印象，汪海企圖通過扶正、並提高待遇的手段來籠絡芮朝明，但是芮朝明並不買賬，拒絕了汪海。平心而論，林東並不討厭芮朝明這個人，反而很欣賞他，畢竟不是每個人都能經得住誘惑的。

「我聽說以前財政部的主管是孫寶來，而你只是他的副手，孫寶來現在人呢？」

芮朝明道：「汪海倒台後他回來過，取走了私人物品，從那以後我就沒再見過他。」

孫寶來是聰明人，即便他現在仍留在亨通地產，鑒於他前面所犯的錯誤，雖然交出了汪海挪用公款的證據，幫助林東他們扳倒了汪海，即便如此，林東也不可能再重用他，反正汪海還在位的時候已經把他開除了，索性就離開了亨通地產。

「既然孫寶來已經不幹了，財政部的擔子還得由你來擔。」林東笑道。

芮朝明一愣，他原以為新來的董事長一定會把他擼掉，於是問道：「林總，你不介意汪海曾經提拔過我？」

林東哈哈一笑：「老芮，我看過你的簡歷，亨通地產還沒成立的時候你就跟著汪海幹了，後來汪海做大了卻冷落了你。以你的才幹完全可以謀求一份更好的工作，為什麼你卻沒有？我也知道，這些年想挖你的公司不少，許多都是更優秀的公司，許諾你高職位高待遇，可你為什麼就寧願在這裏受氣？因為你愛這個公司，你願意為這個公司奉獻！除此之外，我想不出其他原因。」

芮朝明抬起頭，眼圈已經紅了，這麼多年了，不但同事不理解他，就連家人也不理解他為什麼非得留在亨通地產，只有林東這個新來的董事長，他讀懂了自己那顆難忘舊主的心！

「林總，我……」

芮朝明哭了，多年來心中積鬱的不平與怨怒都隨著淚水流了出來。一直以來，許多人都以為他是為了追隨汪海才沒離開這家公司，而在他心裏，「舊主」不是汪海，而是亨通地產，這個他為之付出過心血的公司。

等芮朝明止住了淚水，林東遞了一根煙給他，並親自為他點了火。這麼一個簡單的舉動，卻帶給了芮朝明的內心無比震撼，簡直令他不敢相信，對比一下汪海，除了給他冷臉之外，何時曾把他當過一個人看。

士為知己者死，芮朝明在心裏許下一個承諾，為了公司的振興，為了回報這個懂他的「知己」，他一定要做好林東的管家！

所有部門的頭頭都已過來見過他了，林東一看時間，已是六點多了，看來是和芮朝明聊得太久，錯過了下班的時間。他離開了辦公室，在大廈四處轉了轉，除了幾個保衛處負責巡夜的保安，已經見不到其他員工了，看來員工們的工作熱情都還有待提高。

他巡視到二樓，忽然一道強烈的光線朝他刺來，只聽一個粗大的嗓門吼道：「喂，那小子，你是幹什麼的？」

手電筒的光芒在他身上停留了幾秒鍾挪開了，林東望去，只見一個漢子高大威武，穿著保安的服裝，看模樣卻很年輕，估計三十歲左右。

「你叫什麼名字？是這家公司的嗎？證件拿出來給我看看？」保安朝林東走來，問了一連串問題。

林東心想這小子倒還真是負責，說道：「我沒有證件。」

保安嘿笑一聲，說道：「你這樣的我見多了，是不是又等人都走了，順了點東西帶回家？兄弟，別害怕，我睜一隻眼閉一隻眼也就算了，不管怎麼說，你總得給包煙錢吧。」

這番話使得林東對他的好感蕩然無存，不過卻不急於亮出自己的身分，順著這保安的話往下說，「大哥，是不是經常有人那麼做啊？」

他掏出一根煙遞給了保安，保安閉著眼聞了聞味道，睜開眼，一臉喜色，「好煙！看來你小子還是比較會做人，新來的吧？」

林東點點頭，「今天剛來。」

保安一臉震驚，訝然道：「好傢伙，剛來就敢偷公司東西，哥哥還真沒見過你那麼大膽的。既然你敢這樣做，肯定是有老員工跟你說了，我也就不瞞你了。嗨，這公司爛透了，很多人往家裏帶東西呢。有的拿個滑鼠，有的拿點影印紙。主管們可就不一樣了，電腦啊、印表機什麼的都敢往家裏搬。」

林東眉頭緊鎖，厲聲問道：「難道就沒有人管嗎？」

保安笑道：「喲，你一個賊還怎麼看上去那麼憤憤不平啊？告訴你吧，這事歸我們保安處管，可咱們周處長帶頭往家裏拿東西，他可狠了，什麼值錢拿什麼。這叫什麼？這叫監守自盜！」保安露出了得意的笑容，這成語是他昨晚剛在電視看到的，沒想到今天派上了用場。

林東倒吸了口涼氣，沒想到亨通地產內部已經腐朽到了這個地步，汪海啊汪海，你不垮台還有天理嗎！

林東從口袋掏出一包煙，扔給了保安，「謝謝你給我提供那麼多消息。對了，你叫什麼名字？」

保安笑道：「喲，你這人好玩，不就是一個賊嘛，怎麼看上去倒像是你被人偷了東西？告訴你吧，公司人都叫我朱七，大名叫朱康。」

「好，我記住你了，再見！」林東冷聲道。

保安這才察覺到有些不對勁，見林東還未走遠，大喊一聲，「喂，那個賊，你叫什麼名字？」

「林東！」

林東頭也不回，邁大步走了，胸中燃起了熊熊怒火。

那保安嘀咕道：「林東？好熟悉的名字，怎麼跟新來的董事長名字聽起來有點像？去，我腦子被驢踢了，董事長哪能偷東西！就是一小毛賊。」

第三章 落魄的董事長

「啊——」黑漆漆的夜裏，一聲慘叫撕破了寧靜的夜空，遠遠的傳蕩開來。

萬源不停的掄起胳膊，棍如雨下，打得那人抱頭鼠竄。

蹲在大門旁的那人不是別人，正是失魂落魄的汪海。

汪海晚上七八點就到了，但萬源家裏沒人，他就坐在門口等，後來實在熬不住了，就靠在牆上睡著[illegible]，卻被萬原誤認[illegible][illegible]有人要對他不利，平白無故挨了一頓毒打。

正值下班高峰期，溪州市的交通情況也不比蘇城好，林東被堵在了路上，心情很不好，摸摸口袋，才想起煙全給了那保安。

今天是他上任亨通地產董事長兼總經理的第一天，如果沒有剛才和小保安的那幾分鐘對話，他今天的心情原本該很好的，可現在他的心卻布滿了陰霾。

原本以為只要給公司注入資金，就可以改變亨通地產目前虧損的狀況，但他現在已完全否定了自己先前的想法。

亨通地產之所以連年虧損，不僅僅因為資金短缺，更主要的原因在於人！公司內部大部分員工無心工作，不思進取，這樣的員工組成的團隊，是一支低效的團隊，是一支腐朽的隊伍，拉到市場上，怎麼與其他公司的虎狼之師競爭？若想公司盈利，首先要做的就是整肅風氣，甚至不惜以大換血為代價！

林東本想去找楊玲，跟她說說今天的遭遇，但車行至半途，接到了高倩的電話。

「東，董事長的感覺怎麼樣？」高倩笑問道。

林東歎道：「別提了，窩了一肚子火。倩啊，弄不好我收購亨通地產就要賠得血本無歸了。」

高倩驚問道：「什麼情況？」

「電話裏三言兩語說不清，見面再跟你說吧。」林東道。

「好啊，那就見面聊吧，你在哪裏，我到溪州市了，怎麼樣，驚喜吧？」高倩笑道。

林東驚出一身冷汗，可千萬不能讓高倩發現他與楊玲的事情，否則還不知道要鬧出多大的風波。他趕緊找了個路口掉頭，說道：「我正往酒店去呢，你在哪兒？」

高倩道：「我就在你常住的這個國賓酒店這裏，你這次是住這裏嗎？」

「嗯，是，那你在那等我，我馬上到。」

掛了電話，林東加大油門，駕車往國賓酒店趕去。到了那裏，下車一看，馮士元也來了。

林東走上前去，問道：「馮哥，你怎麼也來了？」

馮士元笑道：「我和小高今天上午就來了，來這邊的元和營業部學習參觀。後來小高你也在溪州市，我一想咱們好久沒聚了，就在溪州市聚聚，明天再回去。」

林東這陣子很忙，也沒時間和馮士元見面，的確是有好久沒見過面了。自從馮士元到元和蘇城營業部當老總之後，高倩儼然成了他的左膀右臂，已經是營業部內部公認的第一紅人。

萬源半夜才回家，車燈從大門旁邊一晃而過，似乎看到了個人影，心裏不由緊張起來。

他壞事做多，難保不怕半夜鬼敲門。

停車熄火，從後車箱裏摸了根棒球棍出來，這是他有意放在車裏的，就是為了防止出現特殊情況，手裏好歹能有個傢伙傍身。他躡手躡腳朝剛才看到人影的地方走去，黑暗中雖看不真切，但隱隱覺得是有個人蹲在他家的大門旁邊。

萬源不問是人是鬼，掄起一棍子砸了下去。他這根棒球棍可不簡單，是請寶剎名僧開過光貼過符籙的，據說有夠降妖除魔之功效。

「啊——」

黑漆漆的夜裏，一聲慘叫撕破了寧靜的夜空，遠遠的傳蕩開來。

萬源不停的掄起胳膊，棍如雨下，打得那人抱頭鼠竄，嘴裏直呼「別打了、別打了」。

蹲在大門旁的那人不是別人，正是失魂落魄的汪海。汪海晚上七八點就到了，但萬源家裏沒人，他就坐在門口等，後來實在熬不住了，就靠在牆上睡著了，卻被萬源誤認為是有人要對他不利，平白無故挨了一頓毒打。

「老萬，別打了別打了，是我，汪海！」汪海睡得迷迷糊糊，被砸醒之後還有些神智不清醒，現在終於清醒了過來，才知道報出姓名。

萬源一聽是汪海，舉起的棍子放了下來，定睛一看還真是他，不由得責問道：「老汪，怎麼是你？你怎麼不早報出名字？我還以為是小偷呢。」

汪海叫苦不迭，「哎喲喲」的一聲聲喊疼，「你也不看清楚再打，我早就來了，一直等不到你，蹲在門口就睡著了。」

萬源一身酒氣，打了個飽嗝，歉然一笑，「老汪，也不能怪我，你好歹也給我打個電話啊。」

汪海苦著臉，「手機欠費了，沒錢繳費。」

萬源一句話噎在嗓子裏，連連搖頭，汪海竟然都落魄到這種地步了。

「進來吧。」萬源打開門。

進了屋裏，打開燈，萬源看到汪海滿臉是血，想必腦袋是被剛才那棍子砸得開了花了，「老汪，去裏邊洗洗吧，你這樣子怪嚇人的。」

汪海點點頭，去洗手間洗了臉，出來的時候摸著肚子，嘿嘿笑道：「老萬，有吃食沒？弄點給我，可把我餓壞了。」

萬源從冰箱裏給他拿來了食物和啤酒，看著汪海狼吞虎嚥的吃相，心中很不忍心。

汪海吃飽喝足，舒服的伸了個懶腰，哪知一用力，牽動了背後的傷勢，疼得他齜牙咧嘴，說道：「老萬，你也看到我現在的樣子了。公司沒了，錢沒了，就連房子也因為還不了銀行貸款被收走了。好在我得勢的時候在鄉下老家蓋了三層小樓，才不至於無處棲身。我把你當做親兄弟般看待，老萬，是時候拉兄弟一把了吧，你可不能不念舊情啊！」

萬源知道汪海來找他準沒好事，他們的交情可以同甘，卻不可以共苦，況且汪海還欠他七百萬沒還，實在是不想幫他。

「老汪，你不是不知道我的情況，這日子越來越難過了，去年的兩部重頭戲，我七湊八湊砸了兩個億，票房加起來還不到五千萬，我賠得血本無歸。到現在還欠人家一屁股的債，不是不幫你，實在是兄弟有心無力啊。」萬源哀聲道。

汪海臉一冷，心想剛才那頓打白挨了，這孫子一點不念舊情，「老萬，兄弟我日夜想著怎麼還欠你的七百萬，你借點錢給我翻本，不出一年，我一定能東山再起，加倍還欠你的錢！」

萬源不是三歲小孩，可沒那麼好哄，他壓根就不信汪海這一套，擺擺手，「別說欠不欠的，老汪，那錢沒打算收回來。你若是想找份工作，這個我可以幫你，隨便在我的片場給你安排個工作，保證你衣食無憂。若想東山再起，兄弟我真的無能為力。」

汪海心知他是鐵了心不會借了，冷哼一聲，「哼，老萬，知道我今天看見了誰？」

萬源不解的看著他，心想我怎麼知道你看見了誰，關我屁事。

「林東沒死。」汪海道。

萬源身軀一震，訝聲道：「什麼？」

「我今天去公司拿東西，看見他了，而且他就是新任的亨通地產的董事長！」

汪海面無表情，他不好過，也不能讓萬源過得舒服。

萬源手哆嗦著抽了一根煙出來，打火機打了幾下都沒打著，汪海帶來的這個消息給他內心帶來的震撼是無以復加的。林東不僅沒死，反而吞了汪海的公司，這麼說來，他一直都在暗中籌備著打擊他和汪海，現在汪海已經玩完了，那麼下一個……就是他！

「老萬，如果讓林東知道是你買殺手去殺他的，他會怎麼樣呢？」汪海一臉壞笑。

萬源從他的話裏品出了威脅的味道，壓住心裏的慌亂，淡淡道：「你認為我會怕他？那小子能把我怎麼樣？我的公司是我一個人的，不像你那是上市公司。」

汪海笑道：「公司沒了還可以再創，命沒了可就一切都玩完了。」

萬源瞪眼瞧著他，「汪海，你什麼意思？」

「沒什麼意思，只是想告訴你，周銘的死和買兇殺林東這事，跟我沒半點關係。」汪海道。

萬源捏緊的拳頭漸漸鬆了下來，汪海說的沒錯，殺死周銘和找苗強狙擊林東都是他策劃的，如果汪海把這事告訴警方或是林東，他都將面臨巨大的麻煩，心想汪海無非是要錢，看來只能破財免災了。

「老汪，咱們是兄弟，多的沒有，幾百萬還是能擠出來的。這麼著，我城南的那套房子不大，但你也別嫌棄，搬進去住，就當是自己的，然後我再給你湊三百萬塊錢，你看看搞點什麼。以你的能力，不出兩三年，我相信肯定能東山再起。」

汪海點點頭，笑道：「這才是我的好兄弟嘛，就該相互扶持。老萬，夠意思，衝你這點，有些事情我就得爛肚子裏。」

「好，老汪，頭還疼嗎？兄弟我一時失手，你千萬別往心裏去啊。」萬源摟著他的肩膀道。

汪海拍拍胸脯，笑道：「不就是挨了幾棍子，不算啥。年輕時候在工地我被從上面掉下來的磚頭砸了好多次，這不還活得好好的。」

萬源道：「時間不早了，我看今晚你就在我這將就一宿，其他的事情明天再說。」

「好，我也睏了。」

林東一大早把高倩和馮士元送走之後就去了亨通大廈，想起昨晚聽到的那些話，他到現在仍是忍不住氣得發抖。

一大早畢子凱就來了，一進門就問道：「林董，昨晚住哪兒？」

林東不解，答道：「國賓賓館，怎麼了？」

畢子凱道：「我和宗董考慮到你來回與溪州市與蘇城之間不方便，總不能每次過來都住賓館吧，正好公司在東城有套別墅，屬於公司的財產，以前一直被汪海霸佔，要不就把那裝修一下，以後你來溪州市也有個落腳的地方。」

林東道：「謝謝畢董和宗董的好意，但這事我覺得不妥。那是公司的財產，公司不是我一個人的，我怎麼能據我己有？如果我真搬進去住了，不就跟汪海一樣霸佔了那裏嘛。」

畢子凱心知剛才自己的話措辭有誤，笑了笑，「那林董的意思是？」

林東沉思了一下，說道：「不如就賣了吧，公司缺錢，放在那也是空著，不如賣了換點錢。」

畢子凱道：「賣只能賣一次，不如不賣。這樣咱們可以拿那套房子抵押去銀行做貸款，嘿，死錢變活錢，無限次利用。但也不是讓那房子空著，可以改造一下，專門用來接待來客嘛，也能為公司節省一大筆開銷。」

林東喜道：「畢董，這主意好啊！我看就這麼辦吧。」

畢子凱笑道：「我也是受你的話啟發，才想到那麼個點子的。功勞我可不敢獨佔。」

林東想起一事，笑道：「畢董，正好你也在，隨我去保衛處轉轉。」

畢子凱道：「你是總經理，下面的部門的事情我參與進去不大好吧？」

林東擺擺手，「沒什麼，只是讓你陪我去一趟，你若有事就先走，千萬別遷就我。」

畢子凱笑道：「那就走吧。」

走到外面，明淑媛走了過來，把風衣遞給了畢子凱。林東看了畢子凱一眼，畢子凱笑道：「既然你不要女秘書，那我就不客氣了。」

三人到了保衛處，保衛處處長周建軍還沒來上班，辦公室裏幾個員工正在打牌。他們都認識畢子凱，反而沒人認識林東。

「周建軍人呢？」畢子凱冷聲問道。

其中一個保安答道：「周處長生病了，去醫院了。」周建軍平時沒事的時候不到中午是不會來公司的，他為了應付檢查，已經吩咐好了手下人該怎麼說。

「打電話讓他立馬過來！」林東冷冷道，見到這幾個保安散兵游勇的樣子，實在令人氣憤。

那保安站著沒動，心想畢董是不是換秘書了，以前可沒見過這年輕人啊。

「怎麼？林董事長說話你沒聽見嗎？」畢子凱怒道。

那保安眼睛瞪得溜圓，暗罵自己有眼無珠，沒想到這比他還年輕的小夥子就是新來的董事長，趕緊跑過去打電話了。

林東吩咐一句，「就說公司有急事，別說我要見他。」

電話接通後，那保安道：「周處長，公司有急事，你趕緊過來一下。」

周建軍在電話裏連罵不迭，昨晚他喝多了酒，現在還在床上躺著呢，罵了幾句就掛了電話。

幾個保安爭先恐後的為林東和畢子凱端來椅子，並為他們每人倒了一杯茶。林東和畢子凱在保衛處的辦公室裏等了一個小時，周建軍還沒到，畢子凱等得心急，問林東要不要打電話催催。

林東笑道：「畢董，你若是有事就先走，我在這慢慢候他。」

畢子凱又陪著等了半個小時，周建軍還沒到，他實在坐不住了，隨便找了個藉口就溜走了。又過了半小時，已經到了中午吃午飯的時間，周建軍才出現在保衛處的辦公室裏。

他沒看到林東，一進來就破口大罵，「哪個兔崽子上午打電話給我的？一大早攪了老子的好夢，公司有啥事非得我來？」

幾個保安各自坐在自己的座位上，任憑周建軍如何嚷嚷都不說話。周建軍倒也覺得反常，這群猴孫哪有這麼安靜的時候，「喂。聾了還是啞了？沒聽見老子在問話嗎？」

「咳咳……」

林東咳了幾聲，周建軍一轉身看到坐在角落的林東，嚇得一愣，隨即反應過來。「哎哎，林總，你怎麼來了呢？」

林東面無表情的道：「你的人說你看病去了，周處長，你得了什麼病啊？我看你剛才罵人的時候中氣十足，比老虎還精神。」

周建軍見林東冷著臉，心想壞了，這傢伙是專門查勤來的。立馬咧著個嘴巴，「嘶嘶」的吸氣，「林總啊，我是去看病。年輕時的老毛病，一到冬天就腿疼。」

「是嗎？病歷拿來我看看。」林東盯著他的眼，下定決心今天要給周建軍點顏色看看。

周建軍的身體比牛還結實，一年到頭連感冒都沒有，哪來的病歷，一時間心思百轉，急中生智，想出了個藉口，說道：「林總，你有所不知，我這病去大醫院看不了，都是去路邊小診所找老中醫拔個火罐或者針個灸什麼的。那樣比較管用，所以也沒病歷。」

林東心想我倒是低估了這傢伙。說謊話都不打草稿，難能可貴的是竟然能編得滴水不漏。他笑了笑，心想周建軍你跟我玩花招，我就陪你好好玩玩。

「把你的人召集起來，我要訓話。」

周建軍不明所以，但林東是老闆，吩咐下來的事情他只有照做。保衛處的所有保安都配有無線電對講機，對著對講機喊一聲就都聽見了，倒也不用去挨個找。

很快所有保安都到齊了，有的正在吃午飯，有的正在旮旯角睡覺，被叫過來都很不情願，滿肚子的牢騷。

「大中午的開什麼會？老周是不是閒得沒事做啊。」

「安靜！」周建軍一聲虎吼，所有人立馬閉上了嘴巴。

周建軍目光從這幫人身上掃過，心想你們一定要給我爭氣，不要一副吊兒郎當的樣子。他大喊道：「列隊，立正！」

這幫散兵游勇排個隊形足足用了五分鐘，氣得周建軍牙關直癢癢，恨不得當場罵爹罵娘。

「大家站好了，」周建軍清了清嗓子，「下面有請林總經理檢閱！」

林東這才從角落裏走了過來，眾保安這才注意到他。那個叫著朱康的小保安看到林東的相貌，驚訝得合不攏嘴，心想這不是昨晚他碰到的那個小偷嘛，怎麼變成總經理了？他想了想林東昨晚的奇怪表現，頓時明白了過來，心想這下我完了。

走到周建軍身旁，林東問道：「你的手下裏有個叫朱康的嗎？」

周建軍點點頭，「有，林總，您認識他？」

林東道：「讓他過來。」

「朱七，過來！」周建軍嚎了一嗓子。

朱康走出佇列，兩個小腿肚子直打顫，哆哆嗦嗦的走了過來。

「林、林總，你……找我？」

林東看著朱康，拍拍他，笑道：「不用緊張，我又不是老虎，不會吃人。」

眾保安發出哄堂大笑。周建軍趕緊維持秩序，大聲喊道：「嚴肅點，不許笑！」

「朱康啊，我該感謝你，如果不是你，許多事我根本看不到，我很可能就成了個睜眼瞎。那樣的話，對我造成的損失是你沒法估量的。因為這個，我得獎賞你。」林東轉而對周建軍道：「周處長，給朱康多發三個月工資。」

周建軍點頭笑道：「好的，林總，我記下了。」卻不知朱康是因為什麼事得了獎賞，心想不管怎麼說，這也算是給保衛處長臉了，他臉上也沾了點光。

林東忽然間一冷臉，冷冷道：「朱康，保安的職責是什麼？是保護好公司的財務不受侵害，而你卻怠忽職守，說什麼睜一隻眼閉一隻眼。那好，以後你就不用看了。周處長，給我開了他！」

忽生巨變，周建軍還沒反應過來是怎麼回事，剛才還說要給朱康多發三個月的工資，怎麼這會兒就要把他開除了？

「林總，為啥呀？」周建軍忍不住問道。

林東面無表情，「你可以問問他昨晚跟我說了什麼。」

周建軍把朱康拉到一邊，問道：「朱七，你昨晚跟老闆到底說什麼了？」

朱康心想反正我已經被開除了，還怕什麼，索性就把昨晚在哪遇到林東，說了些什麼話全部告訴了周建軍。周建軍的臉色一變再變。

「孫子，你把我給害苦了！」周建軍苦著臉，低聲道。

「大家散了。」說完，林東就大步離開了保衛處的辦公室。

他走後，周建軍坐立不安，猶豫了好一會兒，終於決定主動去找林東承認錯誤，打算效仿古人來個負荊請罪。

周建軍惴惴不安的來到了董事長辦公室，低著頭道：「林總，我來承認錯誤了。」

林東低頭看文件，頭也沒抬，說道：「我現在正忙，沒時間聽你承認錯誤。周處長，回去。」

周建軍本來想好了一肚子的話，偏偏林東不搭理他，只能爛在了肚子裏，說道：「林總，您忙，我出去了，等您空了再過來。」

關於周建軍的問題，林東心裏已經有了打算，整個保衛處已經壞得流膿了，而周建軍無疑就是那最大的一顆毒瘤，就算把整個保衛處所有人都處罰一次也不會有什麼效果，與其這樣，不如就廢了這個部門。

沒有秘書還真不方便，林東想過從外面現招一個進來，但一想他本來就是剛到這裏，對這裏一切都還很陌生，如果再找一個新人做秘書，那樣會很麻煩，於是就決定在公司內部找一個熟悉秘書工作的人。

董事長秘書這個位置很特殊，最接近權力中心，所以這也是明淑媛不惜犧牲色相要抱住這個位置的原因。如果他放出消息要在公司內部找一個秘書，肯定會有很多人眼紅，說不定還會有來薦才說情的董事來麻煩他。

林東決定招秘這事要悄悄地不動神色的解決，等到木已成舟，也就斷了其他人的念想。可問題是他剛來兩天，就連管理層的許多人他都叫不出名字，對公司很不熟悉，實在不知道誰能勝任這份工作。

芮朝明是個可靠的人，說不定他能有什麼不錯的人選。林東決定找芮朝明過來問問。

他用辦公桌上的座機給財務部打了個電話，「我是林東，請芮部長到我辦公室來一趟。」

接電話的人聽說是林東要找他們部長，立馬過去告訴了芮朝明。芮朝明放下手頭的工作，急忙忙往董事長辦公室去了。

「林總，您找我。」

林東笑道：「老芮，坐，我有個事向你諮詢諮詢。」

芮朝明坐了下來，笑道：「有什麼您儘管問，我包管知無不言言無不盡。」

林東笑道：「你瞧見沒有，我這辦公室什麼都不缺，就缺個人。」

芮朝明一皺眉，「您說的是沒有秘書？」

林東點點頭，「是啊，我想找一個對公司熟悉又懂得秘書工作的人，不知這樣的人才，咱們公司有沒有啊？」

芮朝明皺眉想了想，「我倒是想起了一個。周雲平！這小夥子是個大學生，好像就是秘書專業的，不過現在在工地上監工。」

林東不解的問道：「好端端的秘書專業大學生，怎麼給派到工地去了？」

芮朝明苦笑道：「小夥子年輕氣盛，得罪了汪海，汪海一氣之下就把他給踢到工地去了。」

林東來了興趣，問道：「老芮，你把他的情況說給我聽聽，對了，還有他和汪海之間發生的事情也告訴我。」

芮朝明理了理頭緒，說道：「那年周雲平大學剛畢業，應該是四年前的樣子，公司剛剛上市不久，急需各方面的優秀人才。周雲平通過了層層考核，人事部的老趙他們更是力挺他，認為是個不可多得的人才。作為一個應屆畢業生，這是相當不容易的。當時汪海的秘書還不是明淑媛，在老趙他們的力挺之下，小周就跟了汪海，可沒幾天汪海就把他給踹了，中間到底發生了什麼事情，外人也不知道。這些年有不少人問起過，他也一直不說。」

林東對這個周雲平產生了極大的興趣，倒是想立馬見見他，就問道：「老芮，他現在人在哪裏？」

芮朝明想了想，說道：「應該是在北郊的那個樓盤當監工。」

林東一皺眉，問道：「現在天寒地凍的，工程早就停工了，他還監什麼工？」

芮朝明笑了笑，「我也不知道，這是汪海定下的規矩，讓他一年到頭就紮根在工地上。」

林東一看時間不早，已經到了下班的時間，就說道：「老芮，你回去，我一會兒去看看他。」

芮朝明道：「林總，溪州市的路你不熟，需不需要我陪你一塊去？」

林東搖搖頭，「你還有家庭，下班就回家多陪老婆孩子，放心，我找得著。」

芮朝明點頭一笑，「那好，林總，那我就先回去了。」

林東在辦公室裏看完了最後幾份文件，伸了個懶腰。一看時間已經過了六點，就鎖了門離開辦公室。周建軍本著戴罪立功的態度，原本值夜班只需要十來個保安，今晚卻動用了保衛處全部人馬，一刻不停的挨個樓層的巡視。

他一直監視著林東的辦公室，見他出來了，趕緊裝出一副碰巧遇見的樣子，走過來笑道：「林總，那麼晚才下班啊，您辛苦了。」

林東冷冷道：「你不也還沒下班嘛。」

周建軍跑過來給林東按了電梯，正色道：「作為保衛處的一把手，我得身先士卒，哪能早早的就下班。」

林東知他說這番話是為了討自己的歡心，不過周建軍越是這樣做，他越是不喜歡他。

到了車庫，林東開著車就往北郊去了。

第四章

巨大的震驚

進了董事長辦公室，周雲平就問道：

「兄弟，原來你是董事長的秘書啊，那你能不能告訴我，董事長去哪兒了？」

林東帶著他推開了董事長辦公室，然後逕自朝辦公桌後面的那張椅子走去，坐了下來，笑道：「周雲平，我就是你在等的人，請坐吧。」

林東做出一個請的動作，周雲平瞪著大眼睛，至今還未從巨大的震驚之中回過神來，難道說這年輕人就是新老闆？這怎麼可能！不可能，太不可能了……

亨通地產在北郊有個一百萬方的大樓的主體框架早就拉好了，但是因為資金跟不上，一直未能完工，已經停工有半年多了，搞得業主怨聲載道，不時就會有業主上門討個說法。

林東是繞了幾個圈子，好不容易找到了那大樓。他把車停在門口工地上，門口連個保安都沒見到。下了車，林東往裏面走了走，越看越覺得荒涼，心想或許周雲平已經下班回去了，這一趟估計要白跑了

每個工地都會有一個工程辦公室，周雲平作為監工，應該在那裏辦公。林東打算去工程辦公室看一看，如果沒有人，就先回去。

偌大的小區內，除了一棟棟沒有完工的住宅樓，就是到處亂丟棄的建築垃圾，連個指路牌都看不到。

繞了個圈子，林東這才找到工程辦公室。林東尚未走進去，就聞到了一陣泡麵的香氣，心想裏面肯定有人。

工程辦公室很簡單，就是臨時搭建的一個窩棚，四壁是用鐵皮材料搭起來的，上面蓋了一層石棉瓦。

林東站在門口，看到屋裏懸著一盞暈黃的白熾燈，燈光暗弱，僅有一盞，根本無法照亮整個辦公室。燈光下放了一張桌子，一個帶著眼鏡的年輕人，一手拿著吃

泡麵的叉子，一手翻著書本，津津有味的邊吃邊看，就連有人進來，他也沒發現。

「這兒就你一個人？」林東出聲問道。

周雲平聽到有人說話，這才抬起頭，看到門內站著一個身材瘦削但高大的年輕人，看上去比他還要年輕幾歲，說道：「對，就我一人，你找誰？」

林東道：「我不找誰，就進來看看。你是這兒的監工？」

周雲平放下叉子，從牆角摸了一個矮凳過來，用袖子擦擦，「我是這兒的監工，如果不嫌髒，那就請坐。」

林東微微一笑，坐了下來，問道：「工地都停工了，你還監什麼工？」

這裏平常也時有付了款，卻到期無法拿到房子的業主來「鬧事」，周雲平雖然覺得這年輕人跟一般的業主有些不同，但也沒多想，畢竟中國人口太多，總會遇到些與眾不同的。

「是啊，工程都停了，我沒工監了，跟你說了你也不明白。」周雲平被汪海「流放」，四處做監工，但在亨通大廈裏卻連他的一張辦公桌都沒有，所以又能回哪兒去呢？如果甩手不幹回家了，他倒不怕被炒魷魚，只是害怕被汪海瞧不起。

「現在是下班時間了，你幹嘛還在這兒？不回家嗎？」林東笑問道。

周雲平抹了抹嘴，笑道：「這地方好啊，安靜，沒人打擾，最適合學習了。」

林東來了興趣，「這裏陰冷潮濕，最適合學習？你這人真奇怪啊！」

周雲平笑道：「這裏條件雖然艱苦，可卻是個鍛煉人的好地方。遠離花花世界，沒有五光十色的誘惑，能靜下心來，兼之此處條件艱苦，最能激發人的潛力與鬥志，你說是不是個學習的好地方？」

林東被他這番話駁得啞口無言，心想此人才思敏捷，善於雄辯，若是給他一番天地，必能創出個大名堂。

「你看的什麼書？」林東看見桌子上有本書，問道。

周雲平遞給他，笑道：「管理學。」

林東翻了翻周雲平遞來的書，這書破舊不堪，上面密密麻麻寫滿了讀書感悟，每頁都注有很多標注，書已經被他翻爛了。

這種專業性的書少有人看，林東自從做了金鼎投資公司的老總之後，為了彌補管理方面的欠缺，也看過幾本關於管理學的書，不過顯然他看的那幾本沒有周雲平看的這本專業。

「這些太學術的書看了有用嗎？你又不指望做教授，看這些做什麼？」林東笑著把書放了回去。

周雲平覺得林東是個有意思的人，他在這裏時常一整天見不到一個人，所以一旦被勾起了聊性，就收不住。說道：「我雖沒打算當教授，可我想攻讀博士學位啊！前兩年我自學讀完了在職碩士課程，拿到了碩士學位，但仍覺得所學不夠，所以一直就打算讀博士。」

「你本科讀的也是管理學專業嗎？」林東問道，他清楚周雲平本科讀的是秘書專業，卻搞不明白他為什麼學管理學。

周雲平搖搖頭，「不是，我本科讀的專業是文秘。」

「那你為什麼碩士和博士要讀管理學？」林東不解的問道。

周雲平一愣，沒想到這個年輕人一問就問到了他的心裏去，他為什麼讀管理學？因為他的志向不是做一個監工，而是管理一個公司。他笑了笑，「拿破崙說過，不想當將軍的士兵，不是好士兵，或許我就是這種心理，你能理解嗎？」

林東點點頭，周雲平的回答令他很滿意，他就是喜歡這種有理想有追求，並為之奮鬥的人。雖然周雲平現在只是個監工，但他不曾小瞧了自己，時刻為未來拚搏，他遲早是要成功的。

不能讓這麼好的人才流失掉，林東心中暗道，決定給周雲平一個大廣闊的平台，讓他充分發揮自己的能力。

「你晚上睡哪兒？」林東道。

周雲平指了指牆角黑暗處，「那就是我的床鋪，嘿，我在下面墊了一層厚厚的稻草，睡上去又暖和又舒服，關鍵是還能防潮。」

身處陋室卻心懷大志，而且具有樂觀積極的心態，周雲平不斷的給林東驚喜，讓他覺得今天這一趟真是賺到了。挖掘到一個人才，可比賺了多少錢有意義和令人開心。

林東心情大好，倒是令周雲平覺得奇怪，這人見了我這條件那麼差，怎麼笑得那麼開心？真是個怪人！

林東起身道：「好了，我告辭了，你繼續看書。」

周雲平起身把他往外送，笑道：「你這人不僅打攪了我看書，你看我光顧著和你說話，泡麵都涼了，看來今晚又得餓肚子了。」

「趕明我賠你一碗。」林東笑道。

周雲平哈哈一笑，「我是說著玩的，你別當真。對了，你到這兒來是為了啥事啊？光顧著和你聊天，倒是忘了問你正事了。」

林東道：「沒啥正事，就是想找個人聊聊。你別送了，快回去。」

周雲平停住了腳步，見林東未走遠，大聲問道：「喂，你叫什麼名字？」

「林東。」

北風呼嘯，林東頭也未回，那聲音混在風聲中，周雲平只聽到了一個「林」字，仍不清楚他叫什麼。

轉眼間，林東已走遠了，他也無法再問，在門外站了一會兒，又進去看書了。

半夜裏，正處於沉睡中的林東被一連串急促的電話聲吵醒了，睜開眼一看那號碼，是陶大偉打來的，一下子就清醒了。已經是夜裏兩點了，陶大偉不可能沒事打電話給他，心想陶大偉一定是有急事找他。

「喂，大偉，怎麼了？」林東沉聲問道。

陶大偉聲音激動的發顫，「林東，好消息啊！上次殺害周銘的幾個嫌疑人在省城被捕了。我剛收到消息，忍不住想立馬告訴你。哈哈，打攪你美夢了吧？」

「太好了！大偉，你是不是值班呢？」林東大喜道。

陶大偉笑道：「是啊，執行任務，不過現在任務結束了，我正準備回去睡覺呢。」

林東心情很激動，只要抓回來的那幫小混混供出了幕後主使，他就再也不用提心吊膽整日惶惶不安的害怕暗處藏著殺手了，一時間睡意全無，只想和陶大偉痛痛快快喝幾杯。

「大偉，我想請你喝酒，你一夜未睡，撐得住嗎？」

陶大偉大聲笑道：「開玩笑！熬夜對我來說早就是家常便飯了，有一次為了抓個逃犯，我愣是三天三夜沒合眼。不過這麼晚了，開門做生意的店不多了，我知道有一家羊肉火鍋店做宵夜，那地方怎麼樣？」

林東心想正合我意，當即說道：「你把地址發到我手機上，我馬上過去。」

掛了電話，林東下床穿衣，看了一眼陶大偉發來的地址，離開了酒店。已是凌晨，白日裏擁堵不堪的車道顯得竟是如此的寬闊，林東在市區裏跑出了一百多碼的高速，很快就趕到了陶大偉說的地方。

下車一看，這地方跟蘇城的羊駝子差不多，只有一間店面，外面是供客人坐的桌子，裏面是廚房。

林東還未進去，聽得背後傳來一聲刺耳的剎車聲，回頭一看，是陶大偉到了。

陶大偉嘴裏叼著煙，笑道：「你小子車好就是快，路比我遠，竟然搶在我前頭到了。」

餐館裏空無一人，老闆見兩個身材高大的年輕人進了店中，撐起沉重的眼皮，笑問道：「二位，吃點什麼？」

「大偉，你來點吧。」林東笑道，陶大偉既然知道這裏，想必應該知道這裏什麼好吃。

陶大偉也不客氣，揚聲道：「老闆，一個羊雜火鍋，放三斤羊雜。先給咱們兄弟上兩碗羊肉湯暖暖身子。嘿，這天冷的。」他為了執行任務，在外面蹲守了大半宿，這麼冷的天，鐵打的人也受不了，身體早就凍僵了。

羊湯是現成的，老闆在裏面撒了點蔥花和辣椒就端了上來。陶大偉凍得夠嗆，端起來咕嘟咕嘟一口氣喝了大半碗，把碗一放，舒舒服服的喘了口氣，「哎……舒坦啊。」

一碗羊湯喝下肚，胃裏熱乎乎的不說，全身上下都暖洋洋的，額頭上都沁出汗珠了。

火鍋很快就端上來了，陶大偉讓老闆拿了瓶白酒過來，和林東邊吃邊喝。

二人不知不覺中喝掉半瓶，林東說道：「大偉，你這員警幹得也太辛苦了。老這樣哪成啊，不如趁年輕換個工作幹幹。你若想好幹什麼，無論是做生意還是做官，我都可以幫你。」

陶大偉喝了一口白酒，辣得眉眼都擠到了一塊，笑道：「兄弟啊，你還不瞭解我嗎？員警這工作真不是人幹的，沒日沒夜的玩命，但我就是喜歡。幹別的我不懂，也不會有幹這一行痛快。」

林東不再多言，陶大偉說的有道理，無論做什麼工作，只要能從中找到自己的價值，感受到快樂，那就是值得為之奉獻的。好比如他通過賺錢得到快樂，而陶大偉只不過是用另一種方式來獲得快樂，抓凶緝賊，是他的所愛。

二人喝著十幾塊錢一瓶的劣質白酒，暢談往事和理想，不覺時間飛快，吃頓火鍋竟然一直吃到了天亮。

老闆睏得不行了，趴在桌子上睡著了。林東在桌子上放了三百塊錢，和陶大偉悄悄的走了。

天邊浮出了一抹魚肚白，天剛微微亮。冬日的早晨，風不大。北風吹了一夜，像是累了倦了，不知藏在何處歇息了。

二人在店門前分手道別。

陶大偉道：「今天那幾個小混混就能押回來了，一有消息我就通知你。」

林東笑道：「你回去睡個覺，我的事不著急，別累壞了身體。」

二人各自上了車，往不同的方向去了。林東一看時間，才五點多一點，他要九點才上班，於是就回酒店睡了一覺。

上午九點，他準時到了公司，給工程部的部長任高凱打了個電話。任高凱接到電話，心裏七上八下的，不知道老闆一大早就找他有什麼事。他一刻不敢耽擱，揣著一個怦怦亂跳的心進了董事長辦公室。

「老任，來，坐吧。」林東笑道，從煙盒裏抽出一根煙遞給了他。

任高凱聽說了保衛處周建軍被新老闆查崗的事情，本以為林東把他叫過來是尋他麻煩的，但一看這陣勢又覺得不像。林東那麼熱情，看上去心情很不錯。

「林總，你找我有什麼事嗎？」任高凱坐了下來，心中仍是有點緊張。

林東開門見山，直說道：「周雲平這個人你認識嗎？」

任高凱一聽這名字只覺得很熟悉，卻偏偏一時想不起是誰，想了好一會兒，才想到是那個被汪海「流放」到工地上監工的大學生，點點頭，「認識認識，周監工嘛，是我們部門的。」

林東笑道：「嗯，找你來沒別的事，就是讓你把他叫過來，我要見見他。」

「林總，就這個，沒旁的事了？」任高凱追問了一句。

「沒別的事了，你忙你的去吧。」林東道。

任高凱起身告辭，走到門外，抹了一把腦門上因緊張而滲出的汗珠，心裏感歎一聲，真是一朝天子一朝臣，汪海在位的時候，周雲平這小子倍受排擠，沒想到他時來運轉，新老闆一上任就點名要見他。

在亨通地產工作了多年，任高凱絕對是個嗅覺極為敏感的人物，他隱約的感到周雲平要轉運了。轉念一想，對啊，新老闆是年輕人，肯定喜歡重用年輕人，看來肯定是要有重任交給周雲平了。

「不會是要我讓出工程部一把手的位置吧？」想到這裏，任高凱驚出一身冷汗，這不是沒有可能啊。畢竟他在工程部部長這個位置上坐了太久，沒做出什麼業績來，新老闆一怒之下把他撤了，是完全有可能的呀。

任高凱心想，他就算是要把我撤了我也沒法子，畢竟他是老闆，只能聽天由命了。有一點他幾乎可以肯定，那就是周雲平要發達了，說不定以後就是老闆身邊的大紅人，得抓緊和他搞好關係。

進了辦公室，任高凱拎起辦公室電話又放下了。本來想打電話給周雲平讓他回來的，但轉念一想這樣不合適，不如親自去把他「請」回來，釋放出主動與周雲平交好的信號。

「對，就這麼做！」任高凱心道，走出辦公室，才想起還不知道周雲平現在在哪個工地呢。這麼多年，他何曾關心過這個「邊緣人物」啊。

「喂，你們誰知道周雲平現在在哪個工地？」任高凱扯起嗓門問外面的下屬。

「部長，我知道，他在北郊的那個工地。」有人答道。

任高凱看了那人一眼，點點頭，往門外走去。

林東去見了宗澤厚。

宗澤厚只是董事會的成員，並不直接參與公司的管理，所以一般情況下很少去公司。他還有別的生意，今天好不容易空下來時間在家，沒想到林東主動上門來拜訪他。

「哎呀，林董，什麼風把你給吹來了？」宗澤厚笑臉相迎。

林東笑道：「宗董，我是無事不登三寶殿，打擾之處還望見諒。」

「走走走，裏邊請！」宗澤厚領著林東進了客廳，自有傭人送上茶水。

林東開口道：「宗董，我開門見山直說了，我想召開董事會，討論一下上次我們商量的公司更名的事情。」

宗澤厚道：「你是董事長，召開董事會還不就是你說了算，這個無需問我。關於公司更名，上次我和畢董都表明了態度，我們會支持你的。」

「還有件事我想在董事會上討論討論，」林東沉聲道，「關於撤去公司保衛處的問題。」

「撤去保衛處？」宗澤厚訝聲道，他還沒弄明白林東想要幹嘛。

為了使自己的想法更具有說服力，林東原原本本的把上任第一天和朱康的對話轉述了給宗澤厚聽。在他說話的時候，看得出來宗澤厚的臉色變得越來越難看，看樣子也很氣憤。

林東講完之後，宗澤厚氣憤的說道：「豈有此理，監守自盜，此風不殺，那還得了！」

「宗董，你的意思就是同意我撤去保衛處嘍？」林東問道。

宗澤厚點點頭，「公司每年發那麼多工資養了這群白眼狼，留之何用，撤，必須撤！」激憤過後，宗澤厚轉念一想，保衛處沒了，以後公司的保安工作誰來做？

「林董，保衛處是該撤，但以後的安全工作怎麼辦？」宗澤厚說出了心裏的擔憂。

林東笑道：「這個問題我已經想出了解決的辦法。宗董，現在有許多專門的保安公司，他們的客戶主要是銀行這類的單位。我覺得咱們可以借鑒銀行的做法，廢除自身的安保部門，與專門的保安公司簽訂協議，由他們負責公司的安全工作。這樣做有諸多好處，如果出了問題，保安公司要賠償公司的損失，我想應該不會再發生監守自盜的事情。還有，雇傭保安公司的保安來負責公司的安全工作，可以為公司節約一大筆資金。我詳細跟你說一下……」

林東列出了幾個數字，以資料說話，宗澤厚邊聽邊點頭。

「這是個好方法，我完全贊成。看來公司不僅在管理方面落後，就連組織結構方面也有問題。林董，我不參與公司的管理，所以對公司的情況不是很瞭解，但是我作為董事，在這裏可以表個態，發現問題就得改，這樣公司才能進步！」宗澤厚義正言辭的說道，畢竟林東做的是有益於公司的事，是能幫他賺錢的事，他有什麼理由不支持呢？

林東笑道：「宗董，有你的支持我就敢放手去幹了。你看一星期後召開董事會行不行？」

宗澤厚笑道：「時間由你來定。」

林東點點頭，起身告辭，「那我就不打擾了。」

宗澤厚留他吃午飯，林東一再推辭，實在無法，就只能送他出去。

任高凱開車到了北郊的工地，找到了周雲平。

周雲平見他一人來了，大感奇怪，「任部長，早就停工了，您不會是來工地視察的吧？」

任高凱滿臉掛著親切的笑容，「周老弟，你也知道停工了，我來視察什麼啊？我今天是為了你來的！」

周雲平眉頭一皺，心想這傢伙今天的態度出奇的好，還一口一個「老弟」的叫著，真讓人費解啊。

「找我？找我什麼事？」周雲平一向是個邊緣人物，沒人理沒人顧，一聽說任高凱是來找他的，只覺不可思議。

任高凱摟著周雲平的肩膀，親如兄弟一般，「老弟，裏邊說話，外面太冷。」進了工程辦公室，任高凱不禁打了個哆嗦，冷得直發抖，心想也不知這小子怎麼受得了，這裏面陰暗潮濕，簡直就是個冰窟窿，比外面還冷。

「還是出去說吧。」任高凱又把周雲平拉了出來，外面至少還有陽光。找了個背風的地方，二人站定，任高凱開口道：「周老弟，新老闆要見你，你出頭的日子來了。」

周雲平一愣，「新老闆？哪來的新老闆？」他埋頭讀書，這段時間又沒和公司的人接觸，竟然還不知汪海已經垮台了，就更不知道公司已經易主了。

任高凱笑道：「你是一心唯讀聖賢書，兩耳不聞窗外事啊。老弟啊，汪海已經不是公司的老闆了，他垮台了。新老闆要見你，我特意來通知你的。」

周雲平聽到汪海垮台的消息，心裏說不上是高興，說實話，從某種意義上說，他心裏對汪海還有幾分感激之情。四年前，他剛剛大學畢業，稜角崢嶸，就像一塊未經打磨的頑石，固執而倔強，不懂得變通，更不懂得如何與人相處。是汪海破滅了他曾經的理想，讓他一下子從雲端摔到了穀底，也讓他開始重新審視從前的自己。

這四年來，他無時無刻不在思考，終於明白他的失意不是汪海造就的，而是他自己一手造成的！四年過去了，周雲平從一個毛頭小夥子變成了一個成熟的男人，額頭上的皺紋就是時間打磨過他後留下的證據。他重新思考了自己為人處世的方式，終於明白了為什麼舌頭那麼柔軟卻能比堅硬的牙齒存活得更久，他懂得了圓融的含義。

「喂，周老弟，發呆想什麼呢？趕緊走吧。」任高凱催促道。

周雲平回過神來，笑道：「任部長，麻煩你等我一下，你瞧瞧我這滿臉鬍渣的樣子，哪能見人。」

任高凱點點頭，「你抓緊點，讓老闆等急了，後果不堪設想。」

周雲平鑽進了那簡易的工程辦公室裏，洗頭洗臉刮鬍子，又換了一雙乾淨的皮鞋，穿著那沾滿油灰的棉襖就隨任高凱去了。

車上，周雲平坐在副駕駛的座位上，任高凱笑道：「周老弟，發達了之後可別忘了哥哥我啊。」

周雲平不知新來的老闆為什麼會知道有他這麼一個人存在，問道：「任部長，是你向老闆舉薦我的嗎？」

任高凱微微一笑，不置可否，「周老弟，你記住，你是咱們工程部出去的，以後別忘了念著咱的舊情。」

周雲平沒有表現出有多開心，仍舊是一副淡漠的表情，說道：「任部長，此去是禍是福還不知道，希望越大失望越大，我可沒你那麼樂觀。」

任高凱不說話，嘿嘿一笑。

到了亨通大廈，周雲平謝過了任高凱，就獨自一人往二十一樓去了。電梯在頂樓停了下來，他邁步走出，見到陌生而又熟悉的走廊，心中不禁生出幾分唏噓感慨，想他上一次來到這層樓，還是四年前！

四年的時間說長不長，說短也不短，只不過讓他的臉上生出了皺紋，讓這間公司換了主人。

他邁著腳步往董事長的辦公室走去，不知怎麼描述此刻的心情，似乎既輕鬆又沉重。到了門口，發現門是鎖著的。他敲了敲門，裏面無人應聲，看來裏面並沒有人。

周雲平納悶了，任高凱說老闆正在裏面等他，怎麼來到這裏卻是連人都看不到，不會被他耍了吧？仔細一想，人家任高凱吃飽了撐的還是怎麼的，哪有那閒情逸致拿他尋開心。

耐心等待一會兒吧，稍安勿躁。

周雲平在門口等了半個鐘頭，聽到「叮」的一聲，知道是電梯門開了，轉頭望去，電梯裏走出來一個瘦高的男人，等那人走得近了，看清楚了模樣，竟是昨晚和他聊了個把鐘頭的怪人！

林東也看到了周雲平，與昨晚他見到的那個不修邊幅的邋遢漢子不同的是，今天的周雲平頭髮梳得一絲不亂，鬍子刮得乾乾淨淨，下巴上露出一層青色的鬍渣。

「嗨，你好，你也來找老闆嗎？我都等了他半天了，他不在。」周雲平主動和林東打了招呼。

林東一愣，隨即明白了過來，周雲平必然還不知道他就是他要等的老闆，笑著打了聲招呼，「你好，又見面了。」

周雲平正閑著無聊，見來了一人，正好可以聊聊天，就問道：「兄弟，你也是亨通地產的吧，你是哪個部門的？」

林東笑道：「我是亨通地產的，不過我也不知道我該歸屬於哪個部門。」他從口袋裏掏出鑰匙，打開了門，對著傻愣著的周雲平道：「進來吧，外面冷。」

周雲平在林東掏鑰匙開門的那一剎就震住了，心想他哪來的鑰匙？一看林東的模樣，文質彬彬，眉目清秀，心想應該是新老闆的秘書。

進了董事長辦公室，周雲平就問道：「兄弟，原來你是董事長的秘書啊，那你能不能告訴我，董事長去哪兒了？」

林東帶著他推開了董事長辦公室，然後逕自朝辦公桌後面的那張椅子走去，坐了下來，笑道：「周雲平，我就是你在等的人，請坐吧。」

林東做出一個請的動作，周雲平瞪著大眼睛，至今還未從巨大的震驚之中回過神來，難道說這年輕人就是新老闆？這怎麼可能！不可能，太不可能了……

他傻站在那兒，心裏的震撼無以復加，如果對面的年輕男子不是董事長，他怎麼敢坐在董事長的位置上？

漸漸清醒的周雲平經過激烈的思想激戰，終於肯定，他就是新老闆！

「董事長，我不認識您，剛才冒犯了，對不起。」周雲平為剛才的失禮道歉。

林東笑道：「不知者無罪，周雲平，我第二次請你坐下，抬頭看著你，我脖子都快僵了。」

周雲平訕訕一笑，在林東對面坐了下來，因為林東年紀輕的緣故，他覺得和林東之間有種說不出的親近感覺，笑問道：「董事長，您貴姓？」

林東笑道：「我叫林東，昨晚你不是問過了嗎？」

「風太大，我沒聽清楚。」周雲平道，「林董事長，聽說您找我，有什麼吩咐嗎？」

「我是以總經理的身分在和你做交流，叫我林總吧。」林東笑道，「昨晚和你沒聊完，所以今天把你叫過來繼續聊。」

「啊？」

周雲平驚訝的出了聲，心想這新老闆也太閑了吧，就為了聊個天派人大老遠的把我叫過來。

「林總，您想聊什麼？」

林東抿了抿嘴唇，說道：「你是管理學的碩士，有個問題我想聽聽你的看法，還請你不吝賜教。」

周雲平道：「林總，您太客氣了，有什麼您就問吧，只要我懂的，我一定給你解答。」

林東把亨通地產保衛處監守自盜以及放縱其他部門的員工盜竊公司財產的事情跟周雲平說了一遍，問道：「如果你處在我的這個位置，你會怎麼辦？」

周雲平低頭仔細思考了一下，抬頭笑道：「其實這事並不難。打個比方，一頭牛身上長了個瘤子，這瘤子雖然不足以讓牛馬上斃命，但是卻會不斷的蠶食牛的生命力，可能到引起主人注意的時候，瘤子已經擴大癌變了，那時候已經無藥可救。我主張在問題發現之初就切掉瘤子，雖然會有一時的疼痛，但卻能徹底解決問題。」

林東認真的聆聽，但周雲平上面說的話太過泛泛而談，就問道：「可以細化具體一點嗎？」

周雲平道：「上訴是管理學上經常拿出來講的案例，我是照搬書上的，下面我說說自己的看法。林總，如果我是總經理，我會毫不猶豫的撤除保衛處！」

他的想法與林東不謀而合，林東心想果然沒看錯這人，問道：「但是沒了保衛處，公司的安保工作將怎麼辦？」

周雲平笑道：「那就更簡單了，承包給專門的保安公司啊，他們的員工是經過訓練的，而且受合同約束，公司安保出了問題，是可以按照合同向保安公司索取賠償的。我們公司要做的就是按時把每年的那筆雇傭費給保安公司，剩下的一切由他們來辦，省時省力還省錢。嘿。我聽說保安處的頭頭們每年的獎金就有一大筆呢。」

林東忍不住為周雲平擊掌叫好。這人能在那麼短的時間內想出與他相同的主意，不愧是管理學的碩士，而且學能致用，不是那種紙上談兵之輩。

「周雲平，你的監工做膩了嗎？」林東壓抑住內心的喜悅，表情嚴肅的問道。

周雲平一愣，心想老闆這是在考驗他嗎？轉念一想，管他的，老子都做了四年監工了，早就幹膩了。大聲道：「膩了，膩得不行了。」

林東笑道：「好，外面那間辦公室歸你了，明天就過來上班。」

周雲平一愣，好半天沒有回過神來，上市公司的董事長秘書，那是何等顯要的職位，竟然就那麼落到他的頭上了。他呆坐在那兒，久久未能回過神來，恍惚中，直以為自己剛才做了一場夢，至今仍沉浸在美夢裏無法甦醒。

「啪！」周雲平抬起手就甩給自己一個結結實實的巴掌，脆生生的肉響讓林東聽著都覺得疼。

「嘿！知道疼，看來我不是做夢。」周雲平喜上眉梢，樂得都快笑抽了。

林東見他這副德性，心想周雲平還是欠缺歷練，不過這事情急不來，想當初溫欣瑤成立金鼎投資公司，找他做副總的時候，他不也是周雲平現在的這副模樣嘛。

「小周，回去換身衣服。明天上班可不能還穿這老棉襖來。」林東笑道。

周雲平點點頭，只不過林東這「小周」叫得他心裏有點不舒服，畢竟他年紀比林東大，但轉念一想，現在這社會。什麼地方還按年齡排位，人家是公司的老闆。叫誰小什麼都可以。

這麼一想，周雲平也就釋然了，笑道：「林總，那我回去準備準備。」他走到門口，忽然又折回來了，問道：「林總，明早要我開車去接你嗎？」

林東微微一笑，心想果然是文秘專業出身，規矩倒是記得一套又一套的，「不用了，你直接來公司好了，我習慣自己開車。」

周雲平點點頭，心想果然是年輕人，沒有老一代那種腐朽的作風，離開了他的辦公室。

林東下午處理完這邊的公務，就開車回蘇城去了。他到了蘇城，已經是晚上六點，天早已黑透了，路過建金大廈，看到金鼎投資公司辦公室的燈還亮著，於是就將車開到了建金大廈的車庫，乘電梯到了八樓。

他走進公司的辦公室，見資產運作部辦公室的燈還亮著，推開門走近一看，裏面只有劉大頭和崔廣才兩個人。他倆顯然沒料到林東會在這個時候出現，愣了一下，趕緊請林東坐下。

「林東，你怎麼來了？」崔廣才笑問道，現在是下班時間，雖然還在公司，他也不必叫他林總，反正林東是不會介意的。

林東給他倆一人遞過去一支煙，崔廣才收了，劉大頭卻是不肯收。

「大頭，怎麼著？嫌我這煙不夠檔次？」林東笑道。

劉大頭直搖頭，「不是不是，唉，是小敏她不讓我抽煙了！」

崔廣才嘀咕道：「唉，大頭啊，你就是個妻管嚴，沒救了。」

劉大頭聞言不僅沒生氣，反而呵呵一笑，樂在其中。妻管嚴也有妻管嚴的樂趣，旁人體會不到，這就是他的小日子，小甜蜜。

「我剛才溪州市回來，路過這裏看到燈還亮著，所以進來看看。」林東道。

自從林東將金鼎二號交由他倆運作之後，崔廣才和劉大頭兩人幾乎每天都是公司最後下班的人，一個星期上五天班，他們至少有三天都會為了明天的操作計畫討論到夜裏十一二點。

不過他們的辛苦的回報是看得見的，金鼎二號的收益情況非常好，雖然由林東把握大方向，但是最主要的還是靠他們兩個來制定投資計畫。林東對他們兩個人的能力非常欣賞，正因為有了這兩個得力的助手為他承擔了一部分工作，他在金鼎這邊的壓力才大大減輕。

崔廣才和劉大頭接著剛才的思路繼續討論，林東坐了一會兒，說道：「你們繼續商量吧，我先走了，別熬得太晚。」

二人頭也沒抬，甩甩手，意思是讓他趕緊走。林東笑了笑，離開了辦公室。

第五章 人爭一口氣

林東不解的問道：「小周，以你的學歷和能力，大可以辭了工作換一份做，不在汪海手底下受氣，你為什麼不辭職呢？」

「因為汪海說我吃不了苦，幹監工不超過一個月，鐵定主動滾蛋。」周雲平激動的道。

「就為了爭一口氣，你幹了四年監工？」林東訝然。

「對，佛爭一炷香，人爭一口氣！」周雲平笑道。

到了家裏，給高倩打了個電話，高倩說和郁小夏逛街去了，估計會很晚才能回去，就不去他這裏了。林東在家無事，看了會兒電視，實在覺得無聊，就穿上外套出去了，開著車，不知怎的就來到了以前和蕭蓉蓉一起溜冰的地方。

「大姐，一張票。」林東遞上五十塊錢，從賣票的大媽那兒領了一雙溜冰鞋。換上溜冰鞋，林東就進了場中，獨自一個人，單調的重複同一組動作。

場邊仍是那幾個樂手的地盤，他們邊唱邊彈。年輕的樂手是為了吸引場中單身女孩的注意，而年長的那個樂手，則像是個歷經滄桑的老人，聲音沙啞沉重，從他嘴裏蹦出的每一句歌詞都像是他對人生的感悟，一首歌就是一個故事。

也不知過了多久，年輕的樂手忽然停下了撥動吉他的手，往對面指了指，「嘿，大叔，快瞧那兒！你的『孤燕』來了！」

年長的樂手抬起頭望去，看到了那個美麗的女孩，這一次，她臉上的憂鬱似乎比上次見她時更深更濃。他換了個歡快的旋律，唱出一首明快歡樂的歌，心說姑娘，我只能為你做那麼多了，希望你能開心一點。

「蓉蓉，給！」

金河谷買了兩張票，拿了溜冰鞋走到蕭蓉蓉身前。自打那次相親之後，他每天都往警局送花，除此之外，幾乎還空出了每個晚上的時間，死皮賴臉的跟著蕭蓉蓉。

他的迅猛的攻勢並非徒勞無功的，原本蕭蓉蓉並不喜歡他叫她「蓉蓉」，不過經過他的努力，蕭蓉蓉不知是糾正的煩了還是怎麼的，已經任他那麼叫了。金河谷知道蕭蓉蓉愛溜冰，所以私下底也曾獨自偷偷的練習過，但顯然是他這方面的悟性並不高，學了多次仍是不見長進。

二人在場邊換好了鞋，蕭蓉蓉如風一般衝進了場中。金河谷細心的把兩個人換下來的鞋鎖進櫃子裏，然後才慢慢的滑進了場中。

林東一個人在場中漫無目的的溜著，吸引來不少單身的女子，圍繞在他左右，借機上來搭話。更有膽大的女孩故意製造「事故」，存心往他身上撞。但林東的溜冰技術今非昔比，每次都被他輕描淡寫的避開了。

蕭蓉蓉看到了林東，只覺前面那人的背影甚是熟悉，也注意到了那人身邊的鶯鶯燕燕。她俯身加速，很快就繞到了林東身前，一看竟是她魂牽夢縈的那個男人，一時間竟呆住了，忘了後面就是護欄，她正倒著身子往護欄撞了過去。

林東顯然也沒想到會在這裏遇見她，微微驚訝，心中卻帶著幾分欣喜。他為什麼會鬼使神差的來到這裏，究其根本，還是因為他想看到她，來一場不期而遇的邂逅。

「小心！」

林東眼看蕭蓉蓉就要撞上了護欄，二人前進的方向是一致的，拉她根本無濟於事。他猛地發力，閃電般繞到了蕭蓉蓉的身後，硬生生做了一回人肉靠墊。

「砰！」林東的肚子撞到了護欄上，痛得他悶聲叫了一下，五官都扭曲到了一起。蕭蓉蓉聽到他的呼喊，當她回過神來，已來不及收力，撞到了林東背上，摔了一跤，不過卻沒受一點點傷。

金河谷一見蕭蓉蓉摔倒了，加速衝了過來。

到了蕭蓉蓉近前，金河谷只顧看著倒在地上的蕭蓉蓉，根本沒有注意到林東，而在他伸出手的同時，林東也轉過身來伸出了手。

「把手給我，我拉你起來！」二人幾乎同時道。

金河谷抬頭一看，看到了一張十分討厭的臉，模樣十分吃驚，訝聲道：「怎麼是你？」

林東也是這才看到了金河谷，臉色變得十分難看，雖然他無權過問蕭蓉蓉的私事，但卻很不能接受蕭蓉蓉和金河谷在一起。

二人皆是冷冷的看著對方，氣氛一時僵住了，空氣中瀰漫起濃濃的火藥味。

蕭蓉蓉倒在地上，左看看右看看，這兩個男人竟然為了鬥氣，誰也忘了拉她。

不過這樣也好，她誰也不靠，自己站了起來。

「你們兩個慢慢看！」蕭蓉蓉撣了撣身上的塵土，冷著臉，往場邊走去，已完全沒有繼續溜冰的心情。

金河谷冷哼一聲，朝林東瞪了一眼，追著蕭蓉蓉去了，喊道：「蓉蓉，等等我……」

林東愣了一下，朝蕭蓉蓉那邊走去。蕭蓉蓉已換下了溜冰鞋，正打算回家。

「蕭警官，能聊聊嗎？」林東道。

蕭蓉蓉還未答話，金河谷卻不耐煩的道：「林東，滾遠點！跟你沒什麼好談的！」他攔著林東，不讓他接近蕭蓉蓉。

蕭蓉蓉立在那裏，咬唇猶豫了一下，心裏在告誡自己不要再搭理林東。但話到嘴邊。卻變成了相反的意思，「你有什麼想說的？」

林東撥開金河谷，把蕭蓉蓉拉到一邊。金河谷卻也跟了過來。

「我和他說會兒話，你到另一邊去。」蕭蓉蓉冷冷對金河谷道。

金河谷憤恨的看了林東一眼，蕭蓉蓉的話他不敢違背，只能心不甘情不願的走到一邊去。

等到金河谷走遠之後，林東看著蕭蓉蓉略顯清瘦的臉，問道：「蓉蓉，你和他在一起了？」

蕭蓉蓉目視前方，冷冷道：「這個跟你有關嗎？」

「蓉蓉……」

「叫我蕭警官！」

「我……」林東大為苦惱。他實在是找不出什麼正當的理由來干涉蕭蓉蓉的私人感情。

金河谷的為人林東瞭解，他是不會真正愛任何一個女人的，做出的這一切，無非是出於得不到的才是最好的心理。一旦成功虜獲了蕭蓉蓉的身心，失去新鮮感之後，便會棄之如敝履。

林東一咬牙，心想絕不能讓蕭蓉蓉和金河谷在一起，這樣做純粹是為了保護她，讓她日後不會受到遭人拋棄的打擊。

「蕭警官，我現在很冷靜，作為一個朋友，有些話我必須要對你說，金河谷不是好人，請你務必遠離他！」

蕭蓉蓉眼中淚光閃爍，發出冷冷一笑，「林東，你憑什麼說他不是好人？他可以每天送花給我，可以每天接我下班，可以為了弄到我愛吃的東西而奔波千里，為了我推掉所有的應酬，為了我學習溜冰摔得遍體鱗傷！這一切，難道會是一個壞人做的事嗎？你是好人，你做得到嗎？」

林東默然不語。臉上掛著一抹苦笑，蕭蓉蓉說得沒錯，他的確一件也做不到。

「你好自為之，珍重！」

林東說完這句話，一轉身。上了車，很快便消失在茫茫夜色之中。

蕭蓉蓉看著他遠去的身影。再也控制不住眼中的淚水，淚水決堤似的奔湧而出，哭得傷心之極。她方才說的那每一句話，就像一把把小刀一般從林東的心上割過，卻也如尖針一般刺她的心臟。

蕭蓉蓉的心在滴血，她感受不到一絲一毫報復的快感。

年輕的樂手注意到了這一邊，忽然停止了彈奏，用胳膊捅了捅旁邊年長的樂手，「喂，大叔，快看，你的『孤燕』好像正在哭泣。」

年長的樂手抬起頭，順著年輕樂手所指的方向，看到一個消瘦的背影，瘦削的肩膀因悲傷的哭泣而劇烈的抖動。

是的，她哭了……

唉，可憐的孩子……

金河谷見林東走了，飛快的跑到蕭蓉蓉身邊，見她哭得梨花帶雨，頗為心疼，柔聲道：「蓉蓉，別哭了，為那種人不值得。」

蕭蓉蓉不作聲，仍舊繼續的哭泣。金河谷悄悄的張開臂彎，試著去摟她的肩膀，一寸一寸的靠近，在觸碰到蕭蓉蓉外面的羽絨服之時，沒有聽到他認為鐵定會有的喝斥。金河谷滿心歡喜，抬頭看著夜空，咧開嘴角，露出得意的笑容。

這麼好的夜晚，竟然沒有星星和月亮，真是可惜。金河谷心中歎息，腦子裏已經開始籌畫接下來的安排。他也算是閱女無數，對於女人的心思拿捏得特別準確，深知女人在傷心的時候是最容易被突破心理防線的。若是別的女人，他大可以直接帶到酒店，給予精神和肉體上的雙重安慰。

但對於蕭蓉蓉，他不敢那麼想，心急吃不了熱豆腐，若是露出了本性，一旦不成功，很可能就會前功盡棄。金河谷甩了甩頭，把腦子裏的邪惡念頭甩出去，心想對付像蕭蓉蓉這樣的女人，攻心為上，其他方法都是行不通的。

「把你的手拿開！」蕭蓉蓉止住了淚水，方才她沉浸在悲痛之中，一時沒有察覺到金河谷的手已經抱住了她的肩膀，此刻清醒了過來，只覺一陣陣噁心。

金河谷「啊」了一聲，從雲端墜到谷底，他不知蕭蓉蓉的態度為什麼會來個一百八十度的大轉彎，怎麼又不讓摟了呢？

「把你的手拿開！」蕭蓉蓉語氣冰冷，金河谷忍不住心頭一顫，這個警花的功夫他雖未領教過，但聽說也是極厲害的。

他撤回了手臂，略帶歉意的笑了笑，「蓉蓉，剛才我見你那麼傷心，心痛得不得了，所以就……唉，你不會怪我？」

「我回家了，你別跟著！」蕭蓉蓉依舊是冷若寒霜，上了車，把金河谷扔在原地就走了。

金河谷悲傷了一會兒，忽然又笑了，他發現蕭蓉蓉竟然沒罵他，就這一點，就可以讓他欣喜若狂了。他拿出電話打給了蘇城四少之一的曾鳴，問道：「你們在哪兒呢？」

「醉王朝夜總會！」包廂裏人聲鼎沸，曾鳴對著電話大喊道。

金河谷道：「好，我馬上過去。」

曾鳴掛了電話，以為自己聽錯了。陳翔走了過來，問道：「金河谷的電話？」

曾鳴點點頭，「奇怪了，那廝自從開始追求一個女員警之後就戒色戒酒了，今天突然說要過來，難道是放棄了？」

陳翔哈哈笑道：「錯！依我對他的瞭解，這廝肯定是到手了，玩膩了。就他那德行，讓他裝戒色戒酒的聖人，豈不比殺了他還困難。」

「此言有理！」曾鳴點點頭。

林東到了家裏，心情平靜了許多。他微微有些後悔，後悔不該就那麼走了。蕭蓉蓉在說傷他的那些話的時候明明是眼中噙著淚花，她是故意氣他的！林東心道，我明明看出了她的心情，為什麼還要扔下她就走了？如果我當時說幾句軟話，說不定現在卻是另一種心情。

他轉念一想，蕭蓉蓉說的那些話全對，他無法給她承諾什麼，也無法給她幸福。與其騙她一時，不如快刀斬亂麻，了卻這份孽緣。可理智歸理智，感情終究是感性的，無論他怎麼告誡自己，也無法阻止得了心裏對蕭蓉蓉的擔憂。

第二天上午，林東先去了金鼎公司。他離開了幾天，想必公司裏有很多事都在等著他處理。他很早就進了辦公室，開始翻閱公文。

八點半之後，林東暫時停下了手上的工作，走出總經理辦公室，到各個部門的辦公室去串串門，目的是為了和員工們交流交流，以增進感情。不少人好些日子沒見到他，一見面都很熱情的和他打招呼。

大多數人都只是聽說老闆收購了一家地產公司，心裏開始隱隱擔心老闆以後會不會轉移工作重心，忽略了金鼎這一邊。所有員工都很清楚，金鼎投資公司之所以能在那麼短的時間內取得巨大的成功，老闆功不可沒。如果老闆不再重視金鼎投資了，很可能公司的業績會直線的下降，那將直接影響他們的收入。

林東轉了一圈，剛回到自己的辦公室，穆倩紅就過來敲門了。

「倩紅，快請進。」林東笑道。

穆倩紅走進了辦公室，笑道：「林總，龍潛投資公司那邊我已經聯絡好了，他們的陸總非常歡迎我們去他的公司參觀。還有十五六天就是春節了，我想問問咱們是節前去還是節後去？陸總那邊等我回話呢。」

按林東原來的打算，是準備春節前去的，但是現在他剛接手了亨通地產，還要打理金鼎投資的事情，兩頭忙，所以決定押後到節後再去。

「倩紅，你通知陸總，就說我們春節之後再過去。」

穆倩紅得到老闆的指示，點點頭就出去了。

上午處理完公務，林東把各部門的領導召集起來開了個簡短的會議，會上，各部門負責人彙報了一下近期的情況，林東就相關問題與他們探討了一番。最後，林東略帶歉意的笑道：「最近我在溪州市那邊的時間可能較多，公司的事情請大家多擔待著些。」

「林總，請您放心，公司這邊我們一定把工作做好。」各部門負責人紛紛道。

開完會，林東就開車去了溪州市。

周雲平興奮得一夜未睡，一大早就到了公司，整個人看上去精神抖擻，任誰也看不出他一夜沒睡覺。可到了董事長辦公室，卻發現門鎖了，他也沒有鑰匙，只能在門口等著，哪知這一等就是一上午。

他以為這是新老闆在考驗他，所以不敢離開半步，等得久了，就從新買的皮包裏把書拿出來，津津有味的讀起來。周雲平身材中等，微胖，有雙狹小細長的眼睛，鼻子上架了一付黑框眼鏡，若不是那雙眼睛讓他看上去有點不老實，那絕對是個癡模樣。

他的的確確是個癡，只要手裏有一本，就不覺得無聊，所以半天的時間也不是很難熬。直到他肚子咕咕叫的時候，才意識到已經到了中午。

「我會不會是多慮了？老闆應該沒有考驗我的意思？要不然怎麼到現在都還沒來。」他一想。時間已經到了中午。是吃飯和午休的時間了，即便是離開也是情有可原的。

剛走到電梯門口，抬手想要按電梯，電梯門卻忽然開了，走出來一人，正是周雲平苦苦等了一上午的林東。

「林總，您可算來了。」周雲平苦笑道。

林東手裏拎著一個袋子，走出了電梯，笑道：「小周，你不會在這兒等了我一上午？」

周雲平點點頭。「是啊，不過你來了就好了。」

「唉，實在抱歉，忘了把鑰匙給你了。走，跟我進辦公室。」說完，邁步朝辦公室走去，周雲平忍住肚餓，緊緊跟在他的身後。

進了辦公室，林東把手裏的袋子往桌上一放，從裏面拿出兩碗麵，笑道：「小周，上次我說過要賠你一碗的，現在我來兑現諾言了。不過一碗估計不夠你吃，兩碗都給你。」

周雲平萬萬沒有想到林東還把那句話放在心上。很是感動，心中一片溫暖，更加堅定了他為林東效力的決心。他把這兩碗麵拿了過去，卻怎麼也捨不得吃，鄭重其事的將之收好。

下午，林東把周雲平叫到裏間，問了問關於工地上的事情。

周雲平這幾年跑遍了亨通地產所有的工地，公司裏再也沒有人比他對工地更熟悉。

他先說了說目前亨通地產開發的樓盤的基本情況，「林總，目前咱們公司一共有兩個地方在建樓盤和一塊空地。其中一個就是北郊的那一個。那裏你去過，那個樓盤是三年前就動土開工的，後來因為資金短缺，大概半年前停工了。據我估計，只要再投一個億。就足可以把北郊的樓盤完工。」

林東道：「北郊的那個樓盤我瞭解了，許多業主到期了卻拿不到房子。這對我們公司的名聲影響極壞，所以無論怎麼說，春節過後，我都會投錢把工程做完，好對所有業主有個交代。另外，北郊的樓盤當初定的交付日是去年八月份。現在已經過去半年了，我們必須給業主一個說法，做出適當的賠償。」

周雲平不是不瞭解目前亨通地產的財務狀況，沉聲道：「林總，作出賠償是應該的，但公司的財政狀況允許嗎？」

林東搖搖頭，「目前財務上的確拿不出來多少錢，但就算是拿公司的固定資產抵押給銀行做貸款，我也要把該賠償的賠給業主！」

周雲平想了一想，明白了林東的用心，對於亨通地產這一家在溪州市老百姓心裏名聲極差的公司來說，沒有聲譽就不會有盈利，當務之急，的確是應當做出點挽回形象的事情來。

「林總，我支持你這樣做。我在這個行業做了四年了，延遲交付是普遍現象，不是咱們一家公司延遲交付日期，甚至有的公司延遲交付兩三年的都有，但是我還從沒有聽說有哪家公司因為延遲交付而做出賠償的。我想只要咱們第一個做了，這事一定能引起轟動，到時候大批媒體跟蹤報導，對於提升我們公司的知名度和品牌形象都是極有幫助的。」周雲平侃侃而談，說了許多。

林東臉上露出驚喜，這些正是他心中所想的，「小周，你與我不謀而合。我是商人，不會做賠本的事。咱們公司現在的形象太差，以至於許多老百姓聽到亨通地產的名字就直搖頭，咱們必須得在提升企業形象上面下功夫，否則我們開發出來的樓盤沒人買，還不遲早得關門大吉。對了，還有一個在建樓盤，你說給我聽聽。」

周雲平得到林東的誇讚，也不像剛才那般緊張了，輕鬆了許多，理了理思路，說道：「另一個樓盤的情況大致與北郊的差不多，不過開發得較晚，是去年年初剛開始建的，因為前期專案做臭了，所以老百姓不買單，至今也未能賣出去幾套。位置是不錯，處於市政府規劃要大力發展的東城，附近學校、醫院和大型超市都有，配套設施很齊全。當初汪海對這個樓盤寄予了厚望，本打算靠這個樓盤翻身的，可開盤後的銷售情況卻異常慘澹，據說是創下了溪州市樓盤銷售最差的記錄。」

林東想了想，道：「既然如此，就先暫停銷售。集中力量把北郊的樓盤搞好，把公司的形象提上去，我想那時再開盤銷售情況應該會好一些。」

「對，兩個拳頭打人有時會用不上勁，倒不如收一個回來，集中力量重拳出擊，解決關鍵難題！」周雲平很興奮，遇到話題投機的人聊起來更是滔滔不絕。

林東很欣慰，有這樣一個秘書，不僅能為他解決生活上的一些瑣事，在關鍵的時候還能充當他的謀臣，的確是個不可多得的人才。

「對了，還有一塊地呢，說說情況。」林東問道。

周雲平道：「這塊空地是汪海在東城的樓盤做失敗之後硬生生拍下來的，他當初的想法就算是放在哪兒不開發，地價也會越捂越值錢。也不知該他倒楣還是怎麼的，拍下那塊地之後，國家開始連續出招打壓房地產業發展，以至於許多公司不敢拿地，導致那塊地的估值也在不斷下降。」

林東道：「自從國家打壓房地產業發展之後，國民經濟增長速度有明顯的下降，很多地方政府窮得沒錢了，只能從地產商身上想辦法，所以依我看來，樓市在不久之後還會火的。」

周雲平認同林東的觀點，「中國人的觀念就是有家產也有業，僅從剛性需求來看，樓市也沒有一直平淡下去的道理。現在之所以樓市持續降溫，主要是許多想買房者在持幣觀望，看看房價能不能再低一點。」

「我打算學汪海，那塊地先捂住，等到把眼前的難題解決之後，再看看怎麼辦。」林東忽然想起一件事，問道：「小周，我八卦一下，能不能告訴我，當初你是怎麼和汪海鬧翻的？」

周雲平沉默了一會兒，笑道：「也不是什麼秘密，林總，你想知道我就告訴你。那時候我剛畢業，人事部的趙部長安排我給汪海當秘書，起初我是很想幹好那份工作的。汪海經常帶我一起出去應酬，竟然安排我給他找小姐，我硬著頭皮做了，他非得塞一個小姐給我，我怒了，沒給他面子。道不同不相為謀，於是我和他就鬧翻了。汪海就把我踢到工地上去做監工，這一幹就是四年。」

林東不解的問道：「小周，以你的學歷和能力，大可以辭了工作換一份做，不在汪海手底下受氣，你為什麼不辭職呢？」

「因為汪海瞧不起我，說我吃不了苦，幹監工不超過一個月，鐵定主動滾蛋。」周雲平激動的道。

「就為了爭一口氣，你幹了四年監工？」林東訝然。

「對，佛爭一炷香，人爭一口氣！」周雲平隨即笑道：「但是我得感謝汪海，在這四年裏，我靜下心來學到了很多東西，除了書本上的知識之外，我還懂得了待人處事的哲學。其實做監工也沒那麼辛苦，那些建築工人雖然都是大老粗，但是大部分人很真誠，閑來無事，聽他們聊聊天也是很開心的一件事。天南地北的故事，聽都聽不完。」

林東笑了笑，「我倒是佩服你這隨遇而安的本事。好了，今天就到這兒。」

周雲平道：「老闆，那明早要不要我去接你？」

林東搖搖頭，「我不習慣那個。」

下班後，林東沒有直接回酒店。他打算在溪州市買套房，以後這邊的事情會越來越多，總不能每次過來都住酒店。

溪州市雖然緊靠著蘇城，但是房價倒是比蘇城便宜很多，每平米大概要便宜兩三千塊。他連續看了幾家，賣的都是期房，最快也要一年後才能拿到房。而他要的是現房，是要立即就能住進去的房子。

逛到十點多鐘，林東心想如果要現房，就只能去二手房交易中心看看了，但今天太晚，那裏早就關門了，只有等到明天了。在開車回酒店的途中，接到了楊玲打來的電話。

「林董事長，工作還順利嗎？」楊玲笑問道。

林東笑道：「玲姐，你就別噁心我了，唉，說實話，亨通地產這個爛攤子我真是沒把握能把它打理好。」

「你還在溪州市？」楊玲問道。

林東答道：「是啊，正開車往酒店去呢。」

楊玲道：「別回去了，到我家來接我，我有事情跟你商量。」

「好，那你等我半小時。」

林東掛了電話，找了個路口掉頭，往楊玲家的方向開去，卻不知楊玲找他有什麼事情商量。

半小時不到，林東就到了楊玲家的樓下，楊玲掐著時間，估計他快到了，就提前下樓等他了。

林東下了車，見楊玲衣服穿得好好的，看樣子像是要出門。

「玲姐，你這是要外出麼嗎？」

楊玲點點頭，「是啊，帶你去個地方。」

二人上了車，林東負責開車，在楊玲的指引下，進了一處別墅區，從門口看到了牌子，這別墅區的名字應該叫「榮華名邸」。楊玲讓他在一棟別墅門前停了車。

下了車，楊玲從包裹拿出一串鑰匙，打開了門，做了一個請的動作，笑道：

「林董事長，請進吧。」

林東笑著邁步而入，別墅內裝飾豪華，十分氣派。

「玲姐，這是你的房子嗎？」他問道。

楊玲搖搖頭，說道：「不是我的，這是我一個朋友的，現在一家人全都移民去了美國，所以這棟別墅就空著了。幾年也難得回來一次，所以就托我把房子轉手變現。」

林東正好要買房子，這裏地段不錯，離市區不遠，不像現在新建的別墅，都建在了郊外。不過他原本只是想買一套普通的商品房，如果買別墅的話，無疑將會超出預算很多。

這棟別墅共三層，楊玲帶著林東四處看了看，笑道：「林東，你如今的事業重心在溪州市這邊，很可能以後大部分時間都要待在這邊，所以我覺得你該考慮在這邊買一套房子，畢竟一直住酒店也不是辦法。」

林東點點頭，說道：「不瞞你說，玲姐，我晚上還看了幾個售樓部，可就是買不到現房。你這裏倒是挺不錯的，但就是太超出我的預算了。」

楊玲笑問道：「別的不論，你覺得這房子怎麼樣？」

「豪華氣派，地段也很好，現在很難買到了。」林東實話實說。

楊玲道：「那就行，實話跟你說，我這朋友在美國的生意出了點狀況，急需要用錢，他給我的底價是一千萬人民幣！」

「一千萬？」林東訝聲道。

楊玲微微一笑，「怎麼著？嫌多？」

林東趕緊說道：「這房子至少有八百平米，那麼好的地段，一千萬太少了吧！」

「呵呵，你要還是不要？給句痛快話。」楊玲問道。

林東想也不想的說道：「這麼好的房子只要一千萬，簡直就是白菜價，不要是傻子，我撿了大便宜了。」

「那好，我們儘快辦理過戶手續。給了錢，這房子就是你的了。」

這房子的確是楊玲一個朋友轉手的，因為當初賣給的是好朋友楊玲，所以房主只收了一千五百萬。楊玲已有多套房產，想起林東在溪州市還沒個家，就想把這套房子給他，但以她對林東的瞭解，白送給林東，林東是肯定不會接受的，於是就採取迂迴路線，便宜三分之一賣給林東。

林東對這房子很是喜歡，一想到這麼大這麼豪華的別墅很快就是他的了，心中忍不住興奮起來，拉著楊玲樓上樓下來回跑了好幾遍，怎麼看都看不厭。

一直等到過了十二點，二人這才鎖了門回去了。

林東開車把楊玲送到她家樓下，卻不知怎的，楊玲今天一反常態的沒有要求他留下。

分手之際，林東笑問道：「玲姐，你不請我去你家坐一坐，喝杯茶嗎？」

楊玲明白他話裏的意思，搖了搖頭，「林東，我那個來了，最近不方便。」

林東弄明白了原因，把她摟在懷裏，「玲姐，這個時候你正是需要人照顧的時候，難道我們之間就沒有真摯的感情嗎？」

楊玲沒想到他把話說得那麼直接，一張臉霎時間紅透了，點點頭，低聲道：「好吧，既然你願意來，那就來吧。」說完，主動摟住林東的腰，一塊進了電梯。

第六章

辭職報告

林菲菲翻開面前的文件夾，從裏面拿出一份報告，說道：

「林總，其實我今天來是打算辭職的。剛才我就是在想要不要把這份報告交給你。」

林東笑問道：「小林，那請你告訴我，你現在想好了嗎？」

林菲菲含淚笑了笑，把手中的辭職報告揉成了一個紙團，扔進了垃圾簍裏，

「想好了！林總，我想跟著你好好幹！」

次日清晨，林東在楊玲家吃過早飯，就開車往公司去了。

剛出電梯，就看到了保衛處的處長周建軍站在了他辦公室的門前。

周建軍見林東出了電梯，連忙跑過來拎包，一臉堆笑，「林總，來來來，包給我。」

林東擋住他的手，「周處長，我能拎得懂，不需勞煩你。」

周建軍卻不由分說的從林東手上把他的包搶了過去，林東無奈，只能搖搖頭，心中對周建軍的印象又差了幾分。他要的是會做事的人才，而不是只會阿諛諂媚的奴才。光看這一點，周建軍就讓他很不爽。

周雲平早已到了，見林東進來，低聲道：「周處長比我來得還早，讓他進來等，怎麼也叫不進來，我也沒辦法。」

林東沒說話，他知道周建軍是為什麼事情來的，或許他已經聽到了點風聲。

「周處長，坐吧，一大早就來找我，有事嗎？」林東問道。

周建軍忐忑不安的坐了下來，面對這個年輕人，他甚至有些恐懼，就連面對汪海那樣的狠人，他也不曾感到半分恐懼，這到底是怎麼回事，周建軍自己也搞不清楚。

「林總，你叫我老周好了。是這樣的，我是向您請罪來的。保衛處的工作做得不好，這個我知道。這兩天我痛定思痛，決定痛改前非，一定把公司安保這一塊的工作抓起來，不讓您失望。」

周建軍遞上來一份工作計畫書，「林東，這是我對安保工作的初步想法，請您過目。」

林東心道，你周建軍今天就是說破了天，也無法改變我撤去保衛處的想法，不過他倒是想看看周建軍這個粗人能做出什麼樣的計畫書。翻開一看，裏面條條杠杠寫得很清楚，但盡是一些硬性規定，就算執行下去，下面的人也不一定買賬。在林東眼裏，這顯然是一份不合格的計畫書。

林東合上計畫書，道：「老周，你的計畫書我看了。」

周建軍見林東的態度貌似有些緩和，繃緊的神經鬆了鬆，笑道：「林總，我們保衛處上下以你馬首是瞻，以後你指哪兒我們打哪兒！」

林東冷笑，「老周，你以前也是那麼跟汪海表態的嗎？」

周建軍一時不知道林東什麼想法，但是他以前的確就是那麼表示對汪海的忠心的，汪海也很吃這一套，說道：「林總，我沒跟汪海表過什麼態，我的心直向著您！」

林東揮揮手，不願聽他瞎扯，「好了好了，我知道了，老周，你忙你的去吧。」

周建軍點點頭，出了林東的辦公室，走到外間周雲平那兒，俯身對周雲平道：「周秘書，你看你也姓周，咱倆五百年前是一家，逮著機會麻煩你在林總面前替我說點好話，趕明兒兄弟請你喝酒。」

周雲平點點頭，「我記住了，周處長，你請先回吧。」

周建軍「哎」了一聲，出了董事長辦公室。周雲平看著他高大的背影，微微搖頭，心中歎息道，周建軍啊，老闆都換人了，你還是用以前的老路子，也不問老闆吃不吃那一套，註定你要倒楣。

林東上午在網上轉了一千萬到了楊玲的戶頭裏，過了幾分鐘，打電話給楊玲，問道：「玲姐，錢我已經轉到你戶頭裏了，你看看到賬沒有？」

楊玲道：「收到了，幾分鐘之前就收到了銀行的簡訊。行，林東，我會儘快把房子過戶給你，讓你在溪州市有個家。」

林東笑道：「我單身一人，有了房子也不算家。」

楊玲掛了電話，在心裏哀歎一聲，為自己不能成為林東背後那個名正言順的女人而歎息。不過她已經感到很滿足了，畢竟林東給了她歡樂，讓她嘗到了愛的滋味，填補了她的空虛寂寞。在她有生之年能遇到一個這樣的男人已經很知足，又何須非得追求那一紙婚約呢，況且婚姻與愛情是不掛等號的。她已經有了一次失敗的婚姻，對於婚姻，心裏多多少少存在些畏懼感。

「林總，我已經通知好了各部門負責人下午兩點開會。」周雲平進來道。

一點五十五分，林東進了會議室，看到能容納三十人的偌大會議室內只有周建軍一個人。周建軍為什麼這麼早就過來，無非是他已經嘗到了新老闆的厲害，加上自己犯過錯，所以極力的想要表現一下自己。

在他身前的桌子上放了一本嶄新的筆記本和一支鋼筆。周建軍以前開會從來沒有帶紙筆的習慣，汪海也不曾苛求過他什麼，反正只要把馬屁拍好，無論公司怎麼樣，他的薪水一分都不會少，可現在不一樣了。他隱隱約約聽到有人說新老闆打算拿保衛處開刀，他的位置岌岌可危，再不好好表現，有可能真的要丟飯碗了。

「林總，這麼早就來啦。」周建軍見林東進來，起身和他打招呼，心想這新老闆還真是不一樣，往常汪海開會，如果時間定在兩點，汪海本人兩點半之前多半是不會出現的，而林東竟然提前五分鐘到了。

周建軍在心裏偷偷笑了笑，心想其他幾個部門的老傢伙要倒楣了，以他對其他幾個部門頭頭的瞭解，那幾人肯定是不會提前來的。

周雲平作為秘書，提前佈置好了會議室。今天的會議林東特意吩咐要他旁聽並做好會議紀要，兩點鐘不到，他也拿著筆記本進來了。林東看了看錶，時間已經到了兩點，除了保衛處的周建軍和財務部的芮朝明，剩下的工程部、設計部、人事部、公關部和銷售部等幾個部門的負責人都還未到。

林東對周雲平道：「小周，把今天遲到的部門主管名字記下來。」

周雲平點點頭，拿起筆飛快的在筆記本上記錄了下來。

周建軍看了一眼芮朝明，笑了笑，慶幸自己來得早。

又過了十來分鐘，幾個部門的頭頭才陸續到齊，看到面色嚴肅的林東，心裏紛紛有種不好的預感，仔細一感受，發現今天會議室的氣氛十分冷，簡直是冰冷。

「都到齊了，開會吧。今天把大家召集過來，主要是熟悉一下，我新來不久，也算是與各位正式見個面。」林東頓了頓，笑道：「保衛處的周處長和財務部的芮部長我都熟悉了，其他幾個部門的負責人就請簡單介紹一下自己。大家別緊張，放鬆些。」

那幾個遲到的部門負責人紛紛在心裏鬆了口氣，心想太好了，老闆沒有抓住他們遲到不放，看來是自己多慮了。

從工程部的任高凱開始，其他幾個部門的頭頭都介紹了一下自己。設計部的負責人叫胡大成，是公司的「開國元老」，從汪海做包工頭的時候就一直跟著汪海，初中畢業的學歷，對於設計，根本一竅不通，但因為是汪海的心腹，這麼多年來，在公司的地位一直很穩固。

自從汪海下台之後，胡大成就一直寢食難安，短短一個月內，瘦了十幾斤，看上去面頰塌陷，雙目無神，又聽說新老闆是汪海的仇人，所以更加心中惶惶，害怕新老闆把他當做汪海的同黨給清算了。

人事部的負責人叫趙成勇，識人善用，為公司發掘了不少人才，但他的建議常常不被汪海採納，與汪海雖然沒有明顯的衝突，但也是汪海排擠的對象，一直處於公司管理層的邊緣。趙成勇因為敢於提拔重用新人，所以在公司中下層領導中的威信很高。

公關部的負責人叫江小媚，是個三十出頭的女人，長髮飄飄，坐在會議室內，滿屋子都是她身上名貴的香水味道。據說江小媚交際公關的手段極為豐富，可惜汪海得罪了許多人，她一個女人再有本事，也不可能給公司帶來很大改觀。

銷售部的負責人與林東同姓，叫林菲菲，留著幹練的短髮，看上去就是個精明幹練的女人。不過近年來亨通地產的銷售業績奇差，雖然不是林菲菲的錯，但她臉上多少有點掛不住，心中憋了一口氣想把業績做上去。

聽完眾人的自我介紹，林東道：「大家的基本情況我都瞭解了，下面我想瞭解一下北郊那個樓盤的工程進度。老任，你說說。」

任高凱聽到林東叫他「老任」，心中大大鬆了口氣，他聽說了林東查周建軍崗的事情，所以提前做好了準備，這幾天把幾個樓盤的情況都瞭解了一下，有備無患，背書似的說道：「北郊樓盤大部分住宅樓的主體架構都已經拉好，不過南區還有幾棟樓只打好了地基……」

聽完任高凱的彙報，林東轉而問芮朝明道：「老芮，樓盤的情況你剛才也聽到了，如果要搞完整個工程，你認為還需要多少資金？」

芮朝明慎重的答道：「林總，我不能光從任部長的話裏就做出判斷，具體情況等我去北郊的樓盤看過之後，會交給你一份詳細的彙報。」

林東點點頭，對任高凱道：「老任，你和老芮配合一下，北郊樓盤明年開春我要把它做起來！」

芮朝明嘴上沒說什麼，但心裏並不樂觀，公司的財務狀況他最清楚不過，春節後動工的話，以目前公司的財務狀況來看，根本是無法動工的。

會議結束之時，林東道：「林部長，你留一下。」

美麗妖嬈的公關部部長江小媚眉頭一蹙，不知為什麼新來的老闆單獨把她的死對頭林菲菲給留了下來，無論是好事還是壞事，她的心裏已經打翻了醋罈子。

林菲菲也大感奇怪，不知新老闆為何要單獨把她留下。

眾人走了之後，就連周雲平也走了，會議室內只剩下這一男一女。

「小林，我瞧你開會的時候一直低著頭，是不是工作不開心？」林東略帶笑意的問道。

林菲菲抬起頭，露出一絲苦笑，對於林東細緻入微的觀察，心裏還是有些感動的，說道：「林總，銷售業績太差，我作為銷售部的主管，實在是無顏面對您。」

「就為了這個？」林東笑問道。

林菲菲鄭重的點了點頭。

林東歎道：「小林，在我眼裏，你是個好下屬，我想在你下屬的眼裏，你應該是個好領導，不為別的，就因為你這份責任心！我們公司之所以銷售業績差，不僅與你們部門有關，更多的是自身的品牌形象和市場行情有關這方面的因素。你的資料我看過，是從普通的銷售經理一步一步做起來的，剛開始的時候是在別的公司，曾經創下過單月銷售六十套商品房的記錄，這個記錄在溪州市一直無人打破，保存至今。所以我相信你的能力並沒有問題，欠缺的只是一個好的平台。而如何去創建好一個平台，那是我的責任，所以你無須自責。」

「林總……」

林菲菲這個幹練的女人看上去十分堅強，她出身於普通的工人家庭，個子雖然不高，但卻有一個爭強好勝的心，在學校，她是班級乃至年級的資優生，走上工作崗位，她也要把工作做得比誰都好。她身上就是有那麼股不服輸的鬥志！

亨通地產上市之初，她在無數競爭者當中脫穎而出，被人事部的趙成勇看重，成為當時亨通地產一個樓盤的銷售總監。那時候亨通地產的名聲還沒有現在那麼臭，林菲菲所帶的團隊僅用了一季度的時間就完成了全年的銷售任務，在公司中引起震動，接下來她的表現也可圈可點，在原來的銷售部主管跳槽之後，毫無疑問的坐上了部門主管的位置。

林菲菲眼圈微紅，翻開面前的文件夾，從裏面拿出一份報告，說道：「林總，其實我今天來是打算辭職的。剛才我一直低著頭，就是在想要不要把這份報告交給你。」

林東笑問道：「小林，那請你告訴我，你現在想好了嗎？」

林菲菲含淚笑了笑，把手中的辭職報告揉成了一個紙團，扔進了垃圾簍裏，「想好了！林總，我想跟著你好好幹！」

林東哈哈一笑，「我的林部長，我保證，明年一定會讓你抬得起頭！」

「您說的明年是按農曆算的嗎？」林菲菲笑問道。

現在已經是新一年的二月了，林東笑道：「對，如果按西曆算，就是今年！」

林菲菲道：「好，我期待公司的樓盤越來越多，那我們銷售部就有事幹了。」

和林菲菲聊完，林東就進了自己的辦公室，周雲平跟了進來，問道：「老闆，那幾個遲到的部長怎麼處理？」

林東道：「這次就算了，你著手擬個文件給我，就是關於開會遲到處罰的辦法條例，我看了之後，下發公司各部門。」

周雲平一點頭，「好的，我現在就去辦。」

林東本想這次就給那幾個遲到的部門頭頭一點顏色看看，但一想如果第一次就這樣，很可能會引起那幾人的不滿，到時候團結起來跟他對著幹，可不好收場了，不如這次不處罰，算是給他們一個面子，等出了條例，以後開會再遲到，處罰他們就名正言順了，也就怨不得他了。

臨下班前，江小媚走進了董事長的辦公室。

「周秘書，林總在嗎？」

周雲平正趴在桌子上寫東西，抬頭一看，笑道：「哦，是江部長啊。林總在呢，您稍等，我給您通傳一聲。」

江小媚拋了個眉眼，嗲聲道：「好的，周秘書，有勞了。」

周雲平敲開林東辦公室的門，「林總，公關部江部長要見您，人在外面呢。」

「請她進來。」林東放下手裏的工作。

周雲平掉頭對江小媚道：「江部長，林總請您進去。」

江小媚點點頭，進了林東的辦公室。亨通地產的管理層中有兩大美女部長，一個就是她江小媚，另一個則是銷售部的林菲菲。江小媚嫵媚動人，林菲菲知性幹練，各有各的美。

二人雖然不在一個部門，但江小媚一直將林菲菲視作勁敵，不過林菲菲卻沒有那個心思和她爭妍鬥豔。汪海在位的時候，江小媚使出無懈的媚功，擺平了老闆，自然能在公司裏呼風喚雨，在各方面的風頭都壓得過林菲菲。

而汪海垮台之後，她敏感的認識到自己的日子不會那麼好過了。果不其然，第一次高層開會，老闆就把林菲菲單獨留了下來。剛才她還聽說林菲菲出去之後，臉上掛著燦爛的笑容，走路的時候昂首挺胸。

江小媚意識到了危險，在她心裏，這一輪與江小媚的爭鬥，自己已落了下風，所以趕緊過來摸摸新老闆的脾氣。

「林總，打擾了。」江小媚走進來笑著道。

林東笑道：「江部長，請坐，找我有什麼事嗎？」

江小媚攏了攏頭髮，一副千嬌百媚的樣子，嗲聲道：「林總，剛才開會的時候，對於我們部門你問得不多，我想您是不是對我們部門有意見，或是不滿意我的工作？」

對於江小媚這樣的話題人物，林東多多少少是瞭解一些的，而根據他的瞭解，江小媚的公關和交際能力都是非常不錯的，只是沒有把心思全部撲在工作上，所以既然她主動來找他，林東也就打算和江小媚好好溝通溝通。

「江部長，我剛剛到公司，要說對你的工作和部門，我都不大瞭解，所以也沒有不滿意這一說。下午在會上我也說了，主要是熟悉一下大家，順帶著聊點工作上的事情，你心裏不要有什麼想法。」

江小媚道：「林總，近來公司業績差，我們部門也沒多少事可做，大家心裏都希望你能給公司帶來改變，都在盼著你。人家也一樣，期望公司在您的帶領下能夠步入飛速崛起的軌道。」

男人都是愛面子的，她對付汪海就是經常用這一字真訣「捧」，所以今天也用在了林東身上。

林東哈哈一笑，「哎呀，員工們對我抱有很大期望嘛，江部長，我這肩上的擔子又重了幾分。」

江小媚見林東笑了，看來這一字真訣還真是管用，笑道：「林總，我學過按摩，您若是覺得壓力大，感到肩膀和頭部不舒服的話，讓我幫你按幾下，那樣會舒服很多。」

林東擺擺手，「江部長，不敢有勞你，不過我真沒想到你還會按摩，真是多才多藝啊。」

「為領導分憂是我們做下屬的應該做的事情，林總，我見您整日伏案工作，這樣對脊椎和腰肩傷害挺大的，若不嫌棄我不專業，人家現在就可以為您按摩按摩解解乏。」江小媚已做好了起身的準備，她對自己的姿色十分自信，從來沒有她拿不下來的男人。

林東趕緊找了個藉口不讓她按摩，一看手錶，說道：「江部長，你的好意我心領了。現在已經過了下班時間，我還有約，得走了。」

江小媚微微有些失望，起身告辭，「林總，那我就先走了。」走到外面，又朝周雲平拋了個媚眼，扭臀出了董事長的辦公室。這次和林東談話，雖然林東表現出了對她很客氣，說話也很注意她的感受，但是江小媚感受到她與林東之間一直有一層隔閡，看來新老闆在防著她。

「哼，二十幾歲的愣頭青，我不信我江小媚就收拾不了你，遲早我要你拜倒在我的裙下！」

江小媚走進了電梯，用力的攥緊掌中的手機，美麗的面孔上掛著冷冷的笑。

下班之後，林東本想回蘇城的，但剛出公司大廈就接到了陶大偉的電話。

「林東，小混混們招了！」

林東大喜，「太好了，大偉，你忙不忙？不忙的話咱們見面說。」

陶大偉道：「那就還上次那地方吧，我今天沒任務，不忙。」

「好，那一會兒見。」

掛了電話，林東就開車往上次半夜和陶大偉吃羊肉火鍋的地方去了。他到了不久，陶大偉也到了。

兩人坐在靠近廚房的那張桌子上，要了和上次一樣的菜。

陶大偉道：「要說這幾個小混混還真是嘴硬，我們審了他們幾個兩三天，才讓他們開口。」

林東急問道：「不重要的就別說了，快告訴我，殺害周銘的幕後主使是誰。」

「萬源，身分是東華娛樂公司的老闆。嘿，其中一個小混混被我連恐帶嚇，還牽扯出了另一樁案子，就是李虎被狙擊手一槍爆頭的案子。」陶大偉道。

林東問道：「那件事情跟萬源也有關？」

「不是有關那麼簡單的，兩件案子的主謀都是他。擊斃李虎的狙擊手叫苗強，是萬源雇用的殺手，有十三年雇傭兵的經歷，身手矯捷，軍事素質極高，是個很難纏的角色。從緬甸歸國之後，一直收錢替人殺人，公安部都懸賞緝拿他好久了，可一直就是抓不到。」陶大偉面無表情的說著案情。

林東氣得朝桌子砸了一拳，怒道：「我一直以為主使都是汪海，看來我是錯怪汪海了。有句話叫會叫的狗不咬人，不會叫的狗才咬人，這話果真不假！」

陶大偉喝了口酒，笑道：「萬源的下場要比汪海更慘，汪海現在是破產了，而萬源，面臨他的將會是牢獄之災，甚至會被槍斃！」

「他已經被抓了嗎？」林東問道。

陶大偉搖搖頭，「沒有，這廝不在蘇城，我們已經對他的家和公司進行了嚴密的監控。他去香港參加一個頒獎典禮，我們的人已經在跟香港那邊的警方聯繫了。」

林東心情大爽，汪海和萬源這兩個大對頭終於要玩完了，舉杯道：「大偉，我敬你一杯，感謝你這段時間為我的事情的辛勞。」

陶大偉乾了一杯，辣的齜牙咧嘴，笑道：「嘿嘿，要謝我就這頓飯你請。」

林東哈哈一笑，「那是自然。」

二人酒酣耳熱，一直聊到晚上十來點，這才各自開車回去了。

第二天上午，林東去了一趟公司，把周雲平叫進了辦公室。

「小周，這兩天我要回一趟蘇城，公司的事情你幫我處理點，實在處理不過來的再打電話給我。」

周雲平既驚又喜，問道：「老闆，你怎麼放心把事情交給我處理？不怕我搞砸了嗎？」

林東笑道：「讓你做你就做，哪來的那麼多為什麼。」

周雲平一臉嚴肅的道：「老闆，我一定好好做，不讓你失望。」

林東拍拍周雲平的肩膀，感覺到他肩膀的厚實堅硬，相信以周雲平的能力，處理公司的事情不會比他差。

「公司的事情就交給你了，我走了。」

林東交代完畢，拎起包就離開了辦公室。

到了蘇城，他沒有去金鼎投資公司，而是直接開車去電腦城找林翔和劉強兩兄弟了。

這兩兄弟見到林東突然到來，都感到驚喜。

林翔給林東倒了杯水，問道：「東哥，你怎麼這時候來了？」林東的確是從未在中午過來找過他們。

林東笑道：「我來是找強子的，你讓他把手裏的活停一停，陪我去一趟國際教育院。」

林翔朝店裏吼了一聲，「強子，別幹了，東哥找你。」

「好，來嘍。」

劉強放下手裏的活計，從裏間走了出來，笑道：「啥事啊，東哥？」

林東起身道：「沒要緊的事，陪我去國際教育園看看。」

劉強「啊」了一聲，不知林東要去那裏幹嘛，「這都快到吃飯時間了，吃了飯再去吧。」

林東道：「不了，現在就過去。」

劉強點點頭，跟著林東出了店裏。

國際教育園離電腦城步行也只需要二十分鐘左右，林東開著車，幾分鐘就到了那裏。他把車停在了國際教育園的入口處，和劉強下車步行。

「東哥，咱到底來看啥？」劉強忍不住問道。

「逛逛校園。」林東笑道，「這裏你熟悉嗎？」

劉強自從和技校的趙萱談戀愛之後，幾乎每晚都要到國際教育園這邊來找趙萱，二人早就把這一片逛遍了，「熟悉，怎麼啦？」

林東道：「那你就帶著我逛逛吧，別嫌費時間，帶我好好轉轉。」

劉強不知道林東心裏想什麼，只知道他絕對不會是逛逛那麼簡單，說道：「好吧，我跟你說，這裏可大著呢，逛完了得下午一兩點。」

蘇城的國際教育園坐落在美麗的高新區，地處郊區，占地兩萬多畝，風景極佳，園中共有七家大專院校，三萬多名在校大學生。

劉強非常熟悉這一帶，帶著林東就在教育院內隨處逛逛，不時的為他指點指點樓宇的名字。

中午十一點四十，只聽國際教育園中響起了一長串的電鈴聲，劉強告訴林東，這是下課放學了。

二人又往前走了走，見到人潮洶湧，紛紛往一座三層高的樓湧去。

林東指著那座樓，問道：「強子，那是什麼地方？」

劉強笑道：「東哥，沒聞著油煙味嗎？那兒是食堂。你瞧，那麼多學生。」

「走，進去瞧瞧。」

說完，林東快步上前，劉強也加快了腳步，跟在他的身後。

食堂的大門並不寬大，那麼多學生一起往裏面擠，林東和劉強混在人群當中，好不容易才擠了進去，各自出了一身的汗。

劉強對林東說道：「東哥，咱們在的這一層叫一食堂，上面是二食堂和三食堂。」

林東看到一食堂的每個窗口前都排了長長的隊伍，說道：「走，咱們到上面看看去。」

二人從樓梯上了二樓，到了二食堂。這裏的情況並不比下面好，依然是擁擠不堪，每個窗口前都排滿了等待用餐的學生。忽然一個長隊中炸開了鍋，兩名男人為了排隊順序的先後發生了口角，當林東和劉強走近的時候，那兩學生已經動了手。

劉強笑道：「東哥，這是常有的現象，唉，整個國際教育園，三萬多名學生，只有兩個食堂，一個是教工餐廳，那兒是不允許學生進去就餐的，另一個就是這裏，三層樓雖然不小，但學生太多，還是顯得太小，經常有為了排隊的事情打架的。」

林東點點頭，說道：「強子，咱走吧，食堂沒什麼好看的了。」

二人出了這棟樓，繼續往前走，直到把國際教育內的所有學校全部看完。在教育院的東面，林東看到了一塊空置的閑地，面積非常大，上面雜草叢生，與園內美麗的校園風景大不相同，充滿了蕭瑟與蒼涼之感。

「強子，咱們到東面那塊地看看去。」

說完，林東就抬腳往那走去。

劉強笑問道：「東哥，那就是塊空地，有什麼好看的？」

林東笑而不語，北風吹得正緊，他豎起了風衣的領子。

往前走了不遠就到了那塊空地上，放眼望去，除了半人高枯死的雜草，就是陰森森的松林。風吹草低，不時可見藏於雜草叢中的垃圾。

劉強搓著手，凍得直哆嗦，「真冷啊。東哥，這地方平時學生都不敢來。我聽小萱說這裏不安全，學校命令禁止晚上到這裏來活動，因為曾經有女孩晚上路過這裏的時候被人拉進了荒草糟蹋了。據說這事情每年都有發生，所以這裏很少有人來，被視作是一塊不祥之地。」

林東沉聲道：「強子，在我眼中這可是塊寶地啊！」

劉強不解，撓了撓頭，「啥？寶地？東哥，你盡誑我！」

林東笑了笑，也不解釋，說道：「走，回去吧，待會把店關了，咱哥三好好吃一頓。」

第七章

背黑鍋

「啪！」金河姝甩手給了李庭松一個巴掌，直接把他打懵了。

「我一看你油頭粉面就知道你不是好東西，一定是你唆使林東不辭而別的，哼，老實說，你是不是對我有意思？」金河姝繃著臉道。

李庭松是真的懵了，心想老大啊老大，這回我可為你背了黑鍋了，

「嗯，我對你有意思。」李庭松鼓起勇氣道。

「啪！」金河姝甩手又給了李庭松一巴掌，「你癩蛤蟆想吃天鵝肉，癡心妄想！」

吃完飯，林東開車就走了。他去了李庭松的單位，好長時間沒見見這兄弟了，心裏也挺惦記的。

到了建設局，林東進了李庭松原來所在的科室，走到李庭松原來的辦公桌旁，卻看到坐了個中年婦女，笑問道：「你好，請問李庭松在哪辦公？」

中年婦女笑道：「你說的是李處長啊，他現在不在這辦公了，沿著走廊往裏面走，找綜合處處長辦公室，他在那兒辦公。」

「好的，謝謝。」

林東出了這集體辦公室，沿著走廊往裏面走，心想這小子又升官了，爬的速度可真夠快的，果然是朝中有人好做官吶。

看到了綜合處處長的門派，門是關著的，林東站在門口敲了幾下，卻無人應聲，心想李庭松應該不在，剛把手機掏出來準備給李庭松打電話，只聽背後傳來腳步聲。

「老大！」

李庭松看到林東站在他的辦公室門前，加快腳步走了過來，到了近前，笑問道：「老大，你怎麼來了？」

林東看著分頭梳得油光發亮的李庭松，哈哈笑道：「李處長，怎麼著，不請兄弟進去坐坐？」

李庭松靦腆的笑了笑，「唉，老大別挖苦我了，外面怪冷的，進去坐坐。」

門一打開，暖氣就撲面而來。蘇城地處南方，本來是沒有暖氣的，但政府單位特殊，天一冷就開始供暖氣了。

李庭松請林東坐下，給他泡了杯茶，笑道：「老大，咱倆有好久沒在一塊兒聚聚了，既然你來了，就別急著走，我早點下班，咱倆吃頓飯去，我請。」李庭松靠在椅子上，看上去頗有點官威。

林東暗自讚歎，畢業不到兩年，曾經這個性格柔弱的老三也成熟起來了，笑道：「老三，我發現你是越來越有當官的樣子了，瞧你這坐那兒的派頭和髮型，還真有個處長的樣。」

李庭松繃不住面皮，樂得咯咯直笑，「哎喲我的老大，別人不瞭解我，你還不瞭解我？我是沒能耐像你這樣敢闖敢拚，若不然，我才不稀罕做這鳥官呢，整天看人臉色不說，還得溜鬚拍馬，真不是人幹的事，太累了，心累。」

林東道：「嘿，小子，你可別不知足。咱們班五十幾人，當初畢業的時候，百分之九十五都報名參加了公務員考試，這說明什麼？說明你這職業是個香餑餑，誰都想摸一個嘗嘗。據我所知，蘇城一個普通的公務員年薪也得十來萬，再加上福利和獎金，估計還得翻一倍，去哪兒找年薪二十萬的工作去？再者，這一行社會認可高，現在相親一說是公務員，那成功的機率立馬就高上許多。」

李庭松知道林東說的這些都是實話，笑道：「老大，你是太低調了，所以咱們許多同學都以為我是咱們班混得最好的，其實他們要是知道你現在的情況，我李庭松就是個渣啊！」

林東呵呵一笑，的確，除了幾個要好的同學，他幾乎斷了和班裏同學的聯繫，就是那幾個要好的同學也不知道他現在混得怎麼樣，李庭松是因為家在蘇城，經常和他見面，所以對林東的情況比較瞭解。

「好了，老三，我這次找你，一是為了聚聚，二來是有件事請你幫忙。」

李庭松道：「你跟我還客氣什麼，老大，快說吧，什麼事？」

林東沉聲道：「高新區的國際教育園你知道吧？那附近有一塊空地，你幫我打聽打聽，看看那塊地有沒有賣了。」

李庭松道：「那是高新區，我是園區，這事我還真不知道，不過沒關係，高新區那邊的土管局我有熟人，你等會兒，我現在就打電話問問。」李庭松拎起辦公桌上的電話，撥了一個號碼。

「喂，趙科長嗎？我是園區建設區的李庭松啊。是這樣子的，我有個朋友托我打聽一下你們區國際教育園附近的那塊荒地有沒有賣出去。好，你查查，有結果了麻煩回個電話給我。」

李庭松放下電話，笑道：「老大，我已經托人去問了，有消息了他就會告訴我。」

林東笑道：「好，不急。眼快就要過年了，你們這兒看起來不是很忙啊。」

李庭松道：「是啊，今年事情不多，忙也是下面人忙，我比較輕鬆。一到年關，各機關就開始比賽花錢了，不然一年的財政撥款花不完，明年可就沒那麼多了。剛才我去開會，就是討論怎麼把今年剩下的四百萬花出去，真是頭疼。」

林東笑道：「想花錢還不簡單，嘿，幾百萬也不多嘛。」

「多是不多，可現在群眾的眼睛都盯著，一不小心就被傳到了微博上，那可不是鬧著玩的。要在以前，這四百萬真的不多，現在不行了，要花完，還必須要做到像是沒花過。」李庭松搖頭苦笑道。

林東笑道：「這的確是有些難度，你們這幫當官的，整日不想著為民謀利，盡想著怎麼給自己謀利，唉……」

李庭松也唉聲嘆氣，「唉，老大，這就是我苦悶的地方啊，官越大我越苦悶。以前剛進來的時候，最起碼每天我過得很充實，那時候我有事情可做，而現在，基本上一上班就喝茶上網。我一個三十歲不到的年輕人，這日子過得太沒追求了。還有那無休止的應酬，很難有一天晚上是在家吃飯的。」

林東道：「兄弟，別身在福中不知福了，你這日子神仙似的快活，不知道有多少人羨慕呢，還喊什麼喊。」

李庭松也不解釋，只是苦著一張臉，一看時間五點鐘了，就起身道：「老大，我到下班時間了，走吧。」

林東點點頭，和他一起出了辦公室。李庭松開著他的車，林東開車跟在他的車後，二人在一家五味閣的門前停下了車。

「老大，就這家吧，味道很不錯。」

林東道：「好啊，那就這家吧。」

五味閣是一家很有特色的餐廳，據說來蘇城拍戲的那些明星來到蘇城也會抽空過來品味一番，所以這家餐廳的四壁上掛了不少店老板與各路明星的合照。

二人剛吃上，林東就聽身後有人叫了他一聲。

「林東，是你嗎？」

林東扭頭往身後望去，金河谷的妹妹金河姝拎著包，俏生生的站在那裏，應該是剛進來。

金河姝幾步就走到了他們的桌子旁，笑道：「旁邊沒人吧？」

李庭松見金河姝模樣清純可愛，還沒等林東發話，就癡呆呆的說道：「沒人。」

金河姝臉上蕩漾起燦爛的笑容，二話不說就坐在林東旁邊的空位上，「哈哈，那我就不客氣了，不介意請我一頓飯吧？」

林東剛想說話，李庭松已搶先說道：「不介意。」完全沒有看到林東那想要殺人的眼神。

「那個……我叫李庭松，初次見面，認識一下。」李庭松伸出手，但金河姝似乎沒有和他握手的意思。

金河姝表情淡漠的說出了自己的名字，「金河姝。」惜字如金。

李庭松趕緊讓服務員加了一付碗筷，興致高昂的與金河姝攀談起來，但金河姝的興致並不高，只是出於禮貌回答他的問題。

林東借口去洗手間，悄悄的溜走了，給李庭松發了一條簡訊，「此女難纏，老三，哥哥我先走了。」

李庭松心想你走了正好，不然這美女根本沒心思搭理我，就回了林東一條簡訊，「老大，沒事，她由我來應付。」

金河姝隔一會兒看一下手錶，心裏納悶，這林東去了趟洗手間都十幾分鐘了，怎麼還沒出來，因而也沒興趣吃菜，「那個李……什麼，你去看看，林東怎麼還不出來，會不會出什麼事了？」

李庭松故意拖延，說道：「可能鬧肚子吧，小金，咱們不用等他，吃咱們的。」

金河姝沉住氣，吃了幾口菜，只覺味如嚼蠟，林東不在，她一點吃菜的心思都沒有，過了幾分鐘，實在忍不住了，又道：「李，你去看看吧，都快半小時了，鬧肚子也該出來了。」

李庭松起身道：「那好，我去看看。」他進洗手間蹓躂了一圈就出來了，道：「小金，我兄弟他真的鬧肚子了，讓我們別等他，來，你吃菜啊。」

金河姝「噢」了一聲，一臉失望的表情，索然無趣的夾了幾筷子。

「看你樣子，應該還在上大學吧？」李庭松沒話找話說道。

金河姝搖搖頭，「大學畢業了。」

「啊？看不出來，我以為剛上大學呢。對了，你和我老大是怎麼認識的？」李庭松很感興趣的問道。

金河姝道：「生日聚會認識的，你問那麼多幹嘛？」

李庭松訕訕一笑，「嘿，沒什麼，冒昧的問一下，你是不是喜歡我老大？」

金河姝抬頭看了李庭松一眼，瞪著大大的眼睛，好像很驚訝，「是啊，這你都看出來了？」

李庭松笑道：「明眼人都看得出來，既然咱們有緣遇上了，我可得告訴你，我老大是有女朋友的人，談了很久了，兩人的感情非常好。」

金河姝表情一僵，確認自己沒有聽錯，問道：「他的女朋友是叫傅影嗎？」

李庭松聽得一頭霧水，心想怎麼又冒出個傅影來，搖搖頭，「誰是傅影？不是她。」

金河姝這才意識到面前的這個長相清秀的男人是林東的好友，應該知道很多林東的事情，立馬改變了對李庭松愛理不理的態度，笑道：「李庭松是吧，那你告訴我，林東女朋友是誰好不好？」

李庭松心下一凜，他雖然很想滿足這女孩的小小要求，但一想如果告訴了她，會不會這女孩去找高倩的麻煩，到時候林東肯定也會有麻煩，考慮再三，決定不能告訴她，說道：「具體叫什麼名字，我還真不知道，我也沒見過。嗨，這世上好男人多得是，你幹嘛非得看上一個有女朋友的呢？介入別人的感情這等挖牆腳的事，是不道德的。」

金河姝噘嘴怒道：「哪裏不道德了！他又沒結婚！」

李庭松見她生氣了，立馬軟了下來，柔聲道：「小金，你別激動，我的意思是你可以把眼界放寬點，比如說咱倆吧，我覺得就挺有緣分的。」

金河姝瞧了瞧李庭松，滿臉不屑的道：「切！你？年紀輕輕梳個大油頭，沒看見你臉還以為你是中年大叔呢。」

李庭松從來沒想到他的這個政府領導的標志性髮型會給他惹來麻煩，心想從明天開始就再也不在頭上抹東西了。

「嘿，不好意思，讓你見笑了，我梳這髮型是工作需要。」李庭松解釋道。

「你是幹什麼工作的？夜總會的少爺，還是酒吧的調酒師？」金河姝饒有興致的問道。

李庭松一張臉黑得很難看，半天沒說話。

金河姝一拍巴掌，笑道：「我明白了，你是富婆的小白臉是不是？」

「我是建設局的。」李庭松忍不住了，低聲吼道，可憐他一向自認長相不錯，沒想到竟被誤認為是吃軟飯的，這讓他堂堂李處長的面子往哪兒擱？

金河姝笑了笑，「哦，沒看出來你還是個公務員。對了，你和林東是什麼關係？」

「大學室友，鐵哥們。」李庭松答道。

金河姝問道：「那我問你，林東喜歡什麼類型的女孩？」

李庭松第一眼見到金河姝就對她有好感，可惜金河姝的意中人卻是他的好兄弟林東，不過好在林東已經有女朋友了，所以他認為自己還是有機會的，清了清嗓子說道：「要說我老大喜歡的女孩類型，小金啊，不是我打擊你，他還真是不喜歡你這類型的。而且我老大那人特別專情，心中有了所愛之後，就不會喜歡別的女人。」

聽了這話，金河姝莫名的煩躁起來，對李庭松吼道：「姓李的，你老大進去一個小時了，怎麼還不出來？」

李庭松道：「我哪兒知道，說不定他肚子不舒服先走了。」

金河姝立馬警覺了起來，二話不說，就衝進了男廁所，嚇得幾個正在排廢水的男的都尿鞋上去了。

「林東，你給我出來！」

她找遍了洗手間也不見林東的人影，才確信他已經走了，應該是早已走了。還從來沒有一個男人這樣對她，心中只覺無限的委屈，眼淚吧嗒吧嗒就滴了下來。

李庭松快速付了錢，連找零的錢都沒要，衝進了男廁所內，看到癡癡站在那兒掉眼淚的金河姝，一把拉著她往外走。

此時，洗手間外面已經聚集了許多看熱鬧的人，更有甚者拿出手機準備拍攝照片傳到微博上去。

「看什麼看！都給我滾蛋！」

一向文質彬彬的李庭松也不知哪來的勇氣，爆了粗口，脫下風衣包住了金河姝的臉，一路護著她往外走。

看熱鬧的人只覺李庭松像是要吃人的惡狼，紛紛散了去。

到了五味閣的外面，李庭松一看沒人跟著，才把風衣從金河姝的頭上拿下來。外面的風十分猛烈，凍得他瑟瑟發抖，牙關直打顫。

「小金，你也太猛了，男廁所你都敢進！」李庭松呵呵笑道，卻發現金河姝仍是怔怔出神，一言不發。他就陪金河姝在風中站著，過了好一會兒，金河姝才止住眼淚。

她回過神來的第一件事就是責問李庭松，「說，你是不是早知道林東走了？」

「我、我……」李庭松無言以對。

金河姝看他說不出話，一時拳如雨下。李庭松忍不住疼痛，四處躲竄，被金河姝追著滿大街跑。

追了幾百米，金河姝實在跑不動了，李庭松也累得夠嗆，大口大口喘著粗氣。

「姓李的，別跑了，我不打你了，你過來。」金河姝扶著路燈，氣喘吁吁道。

李庭松走了過去，「你說的，不打人了。好男不跟女鬥，我剛才是讓著呢，再打我，就別怪我手下不留情了。」

「啪！」金河姝甩手給了李庭松一個巴掌，直接把他打懵了。

「我一看你油頭粉面就知道你不是好東西，一定是你唆使林東不辭而別的，哼，老實說，你是不是對我有意思？」金河姝繃著臉道。

李庭松是真的懵了，心想老大啊老大，這回我可為你背了黑鍋了，「嗯，我對你有意思。」李庭松鼓起勇氣道。

「啪！」金河姝甩手又給了李庭松一巴掌，「你癩蛤蟆想吃天鵝肉，癡心妄想！」

李庭松從小嬌生慣養，絕對是個公子哥，何曾吃過這等苦頭，就是他爸媽，也不曾打過他耳刮子，連續被金河姝搧了兩下，頓時火冒三丈，「你敢打我！」

金河姝絲毫不懼，反而抬頭挺胸，「打的就是你！」

「你、你……我、我……」

李庭松支支吾吾說不出一句完整的話來，轉身就走。

「回來！」金河姝在他身後跺腳道。

李庭松停了下來，「金河姝你還有什麼事？可別欺人太甚，別以為我真的不敢打女人，逼急了，我什麼事都幹得出來！」

金河姝道：「放心吧，這回真的不是打你。我心情不好，你陪我去喝酒吧。」

李庭松心花怒放，但仍是繃著臉，回頭道：「我可以陪你去喝酒，但是咱有言在先，不准打人，喝醉了也不准打人！」

「好，我答應你。」

「那就走吧，去哪家？」

「你別問那麼多，跟我走就是了。」

林東還沒到家，就給高倩打了個電話，說他回蘇城了。高倩幾天沒見到心上人，本來已經上床看電視了，一接到林東的電話，就飛快的下床穿衣服，拎著包就出了門。高五爺正從外面回來，在門口碰到了急匆匆往外走的高倩，問道：「閨女，那麼晚了你去哪兒？」

「哎呀爸，你別管了，趕緊回去醒醒酒睡覺吧。」高倩頭也不回的走了。

高五爺望著女兒的背景唉聲歎氣，女大不中留，真是一點不假，心想好在林東那小子有出息，自己閨女的眼光還真不錯。他一想高倩已經二十五了，自己也五十幾了，不知怎地，忽然想抱孫子了。

「五爺，進去吧，外面風大。」李龍三見高五爺站在門外出神，低聲道。

高五爺點點頭，進了屋，對李龍三道：「阿龍，明天記得提醒我。」

「五爺，提醒您什麼？」李龍三問道。

「提醒我叫林東到家裏來吃飯。」高五爺說完就上了樓。

李龍三微微一愣，臉上閃過一絲痛苦的表情。他站在院子裏吹了一會兒冷風，吸了幾根煙，雖然他很不願意接受這個現狀，但是林東就是比他有本事。不到一年，先是做了金鼎投資公司的老總，後來又收購了亨通地產，成為上市公司的董事長，而他李龍三，只不過是個保鏢，是高家的家奴。

在他內心深處，一直是喜歡著高倩的，但是無論從哪方面對比，林東顯然都要比他更適合做高五爺的女婿。他跟在高五爺身邊的時間最久，要比手下那幫兄弟更瞭解高五爺，他清楚，高五爺現在做起了正行生意，再也不想碰那打打殺殺的事情，需要的是有頭腦的人。李龍三也清楚自己的能力，論打架鬥狠，他自信絕對勝過林東，但論起動腦筋玩心思，他自知不及林東萬一。

「龍哥，你怎麼在外面站那麼久呢？」丁泰搓著手過來問道。

李龍三揉了揉被凍僵的臉，對丁泰道：「阿泰，明天別忘了提醒我。」

「提醒你什麼呀？」丁泰一頭的霧水。

「提醒我打電話給林東。」

丁泰點點頭，「龍哥，你放心吧，明天我一定提醒你。」

高倩開車去了林東家裏，二人雖只是幾天未見，彼此卻思念甚深，一見面就如乾柴烈火，一點即燃。

激情過後，高倩躺在林東懷裏，臉上的紅暈還未褪去，掛著滿足的微笑，「東，這幾天你不在，我有好幾次都想奔去溪州市找你。」

林東道：「想我了就給我打電話，溪州市和蘇城很近，我晚上可以回來的。」

「不行，來回跑太累了，而且路上開車也不安全，如果你能把那邊的地產公司搬到蘇城就好了。」

高倩言者無意，林東卻像是受到了啟發，他的大部分人脈都在蘇城，而且亨通地產這個品牌在蘇城並沒有專案，日後公司更名之後，那不利的影響就更小了。從各方面來看，如果把發展重心移到蘇城，那樣成功的機率會更大。

「倩，你還真別說，我還真有可能為了你把公司搬到蘇城。」林東笑道。

「真的？」高倩笑著驚問道。

林東笑道：「古有周幽王為博褒姒一笑而烽火戲諸侯，我不過是把公司搬過來，值得你那麼大驚小怪嗎？」

高倩道：「不行不行，你不能拿自己跟周幽王比，那是個亡國之君，如果你把公司搬過來，會對公司發展不利，我是萬萬不會同意你那麼做的。」

「嘿，你又不是褒姒那樣的紅顏禍水，你是我的紅顏福星，公司搬到這邊，生意一定會越做越好。」林東親了一下她的臉蛋，笑道。

高倩心中甚是甜蜜，忽然想起了一件事情，說道：「東，還有十來天就過年了，小夏早就和我約好過年的時候去北海道滑雪的，所以就不能去你家了。我已經給你爸媽買了禮物，你一定要把我的一份心意送到。」

林東心頭一熱，高倩雖然有時蠻不講理，但對他好得真是無話可說，在他還沒想好給父母買什麼東西的時候，高倩卻已經都買好了，這令他頗為感動。

林東起來時高倩還在沉睡，好不容易偷得半日閑，他一早就下樓繞著社區跑了一圈，順便從樓下買了些豆漿油條作為早飯。等他回到家中，高倩才剛剛醒。

「倩，快起來吃早餐吧，不然要涼了。」林東走到窗前，在高倩的額頭上吻了一下。

高倩張開雙臂勾住他的脖頸，嘟著可愛的小嘴，俏臉通紅，說道：「東，以後不能跟你太瘋狂了，每次都弄得我第二天起不了床。」

林東嘿嘿一笑，「好老婆，起來吧，油條冷了可就難吃了。」

高倩點點頭，起床與林東一起吃了早餐。

早餐剛吃完，林東放在桌上的手機就響了。林東正在洗澡，高倩就拿起手機看了看，一看竟是李龍三打來的。正好林東洗好了澡，從浴室裏走了出來，問道：「誰的電話？」

高倩把手機遞給他，「李龍三的。」

「他？」

林東難以置信的從高倩手裏接過手機，心想他找我幹嘛，高倩心裏也有此疑惑。

「喂，你好，李哥，找我有事嗎？」

李龍三冷冷道：「五爺讓你中午到家裏吃飯。」說完就掛了電話。

高倩趕緊問道：「東，李龍三找你幹嘛？」

林東笑道：「不用緊張，是你爸爸讓他打的，讓我今天中午到你家吃飯。」

高倩不解的問道：「我爸怎麼突然想起喊你去家裏吃飯？當真奇怪得很，怎麼事先一點都沒跟我提起過。」

林東笑道：「你爸主動喊我過去吃飯，這是好事啊，我得準備準備，這都快九點了，時間不多了，我得去置辦些禮品。」

高倩覺得林東言之有理，說道：「你也別瞎買了，我家什麼都不缺。」

林東想了想，道：「有了，上次左永貴給了我一盒人參，我一個二十幾歲的小夥子也用不著吃那個，正好帶給你爸。」

高倩笑道：「嗯，這個好，送人參健康，比煙酒有意義多了。」

「倩，你先回去，我中午之前到你家，現在去公司看看，回來之後還沒有去看過呢。」林東笑道。

高倩點點頭，「那好，早點過來，我先回去了。」

二人一起下了樓，高倩開車回去了，林東開車去了公司。

林東到了公司，把各部門的負責人召集了起來，一起在會議室開了個會。眾人見到林東都很高興，會議室內的氣氛相當輕鬆愉快。

財務的孫大姐早就想找林東了，接近年關，她已經把這一年公司的財務報表做好了，打算拿給林東過目。

「林總，這是過去一年的財務情況，請您過目。」

林東拿過來快速的看了看，公司的財務狀況他心裏清楚，孫大姐交上來的報表與他估計的情況並沒有太大的差別。

「快過年了，今天把大家召集起來，就是討論一下春節放假和發年終獎的事情。」林東笑道。

眾人一聽說討論的是這個，都抑制不住的激動起來，會議室的氣氛前所未有的融洽起來。

「先說說年終獎吧，今年我是這麼打算的，在座的各位每人四十萬年終獎，其他員工每人十萬。大家有什麼想法可以直說。」

「四十萬哇——」

眾人顯然都沒有想到林東會給那麼多，都是一臉的驚訝。

「大頭和老崔很辛苦，自從二號由他倆運作以來，基本上是天天熬夜加班，我打算給他倆每人五十萬，各位有沒有意見？」林東笑問道。

穆倩紅率先表態，「老崔和大頭的辛苦大家都看在眼裏，有一次我在外面喝多了酒，把車開到公司樓下就上來打算醒醒酒再回去，那時候已經十二點了，我看到他倆還在商量明天的操盤方案，真的很辛苦。」

紀建明也說道：「是啊，他倆的確是最辛苦的，最明顯的就是老崔，你看這才多長時間，頭髮明顯減少了許多。」

崔廣才摸摸自己的頭，幽默了一把，「嘿，掉光了就跟大頭一樣了，那樣還省心。」

財務孫大姐也沒有意見，年終獎方案就這麼定下來了。

林東道：「今天是農曆臘月二十，就快到春節了。關於春節放假，我是這麼打算的，國家的放假安排是七天，在此基礎上我多加兩天，我們公司放九天，初八正式上班。」

眾人聽到能多放兩天假都很高興，紛紛朝林東投來感激的目光。

「唉，我這個外地人一年沒回家了，我打算臘月二十五回家。所以年夜飯就安排在我回家之前吧，時間不多了，得趕緊安排。」林東道。

穆倩紅主動扛下了擔子，道：「林總，訂酒店的事情就交給我了，這個時候的確不好訂，不過好幾家大飯店我都有不錯的關係，應該沒什麼大問題。」

林東笑道：「倩紅，那這個事就麻煩你了。好了，大概就那麼安排，具體的細節由各位磋商。散會吧。」

會議結束之後，林東回了自己的辦公室，很快劉大頭和崔廣才就進來了。

「二位，有事嗎？」林東問道。

劉大頭看了一眼崔廣才，崔廣才道：「林總，我們能夠理解你多發我們十萬塊獎金的心情，我和大頭過來找你其實是想請你不要發那麼多給我們，跟老紀他們一樣就可以。」

林東笑道：「老崔和倩紅都不會有意見，你倆是不是怕引起其他兩個部門員工的不滿？」

二人點點頭，他們的確是那麼想的，當初資產運作部的員工覺得情報收集科和公關部的員工什麼事都不幹，但是拿的錢和他們卻是一樣的，因此而表現出不滿，更是傳出了林東與穆倩紅關係不簡單的緋聞。崔廣才和劉大頭也是生怕自己多拿了十萬塊引起其他兩個部門的不滿，導致公司內部不和。

「你們不要有思想負擔，如果有人不服，只要他能把你倆做的事情做好，我可以給他更多的獎金，一百萬都沒問題。我就是要讓全公司的員工都知道，付出的辛苦是有回報的，做出的業績是有回報的。咱們公司現在的考核制度是有問題的，分配得太平均，絕對不是好事，容易助長員工們吃大鍋飯的思想。今天你們兩個也在，我可以明確的告訴你們，明年公司的考核制度一定會有改變，到時候做得好跟做得差的拿的錢絕對會不一樣。」

劉大頭和崔廣才長期與員工們混在一起，他們比林東更直接的瞭解現在分配太平均導致的懶漢現象。金鼎公司雖然業績驕人，但是內部的問題還是有很多的，這一切都歸根於管理方面制度不夠健全。

林東作為公司的老總，他看到的不只是金鼎公司表面上的輝煌，他更關注的是表面的輝煌之下隱藏的危機。

劉大頭歎道：「林總，對不起，是我們考慮得太片面了。」

林東笑道：「沒事的。老崔，大頭，明年你們的擔子會更重。亨通地產那邊會佔用我越來越多的時間，公司的資產運作方面就全靠你們費心了。」

崔廣才笑道：「林總，不是哥們怕累，但咱們公司越來越大，運作的資產越來越多，光靠我們倆是鐵定不夠的，所以我覺得應該儘早引進其他優秀人才。資產運作部現在的規模太小了，按照現在公司運作資產的增長速度，明年的這個時候，資產運作部的人數擴大十倍都不夠用。」

林東點點頭，在過去的七八個月裏，公司運作資金增長了上百倍，但是規模基本上沒有擴大，這個問題的嚴重性已經日益凸顯出來。崔廣才和劉大頭不是鐵打的，一直那麼拚命，身體遲早是要垮掉的。

「春節過後，我一定給你倆找幾個好幫手。」林東道。

崔廣才和劉大頭開心的點了點頭，千軍易得，一將難求。負責下單的操盤手很容易找到，但找到一個優秀的投資能人卻是很難的。不過林東既然已經放出話了，那麼他就一定會做到。

第八章

高大小姐的廚藝

林東舉起筷子，笑道：「我來嘗嘗高大小姐的廚藝。」

他夾了一筷子放進嘴裏，鹹得他差點吐出來，但一看到高紅軍微笑的表情，心想這是高倩第一次下廚，千萬不能傷害了她的積極性，於是只好擠出一絲笑容，裝出一臉陶醉之態。

高倩很納悶，問道：「有那麼好吃嗎？我也嘗嘗。」

林東趕緊和高紅軍一老一少狼吞虎嚥的把一盤馬鈴薯絲吃得一根不剩。

臨近中午，林東一看手錶，已快十一點了，趕緊離開公司，往高倩家去了。

雖然與高倩交往已有七八個月的時間，但只去過高家兩次。第一次來時給高紅軍帶了個關公木雕，也就是那次與高紅軍定下了年底之前掙到五百萬的賭約。第二次去高家他是以勝利者的身分去的，只用了短短兩三個月，他就掙到了五百萬。但前兩次他見高紅軍，心裏都有些怵。

林東開車到了高家，一下車就看到了兩條拴在門外高大兇悍的狼犬，那兩隻狗見了生人，立馬掙扎著朝林東撲來，無奈被鐵鏈鎖住，只能嗷嗷狂吠。

李龍三聽到狗叫，從門裏出來，猜是林東到了，一見果然是他，面無表情的朝林東走去，到了近前，冷冷說道：「來啦。」

林東笑了笑，「李哥，上次的事情多謝你了，一直想當面跟你說聲謝謝。」

李龍三揮揮手，「小事一樁，不值一提，快進去吧，五爺在等你呢。」

林東點點頭，手裏拿著禮盒進了門。那兩隻狼犬十分通人性，看到李龍三和來的這個陌生人打招呼，知道是客人來了，也就不再對林東吼了。

高倩今天請了假，圍了圍裙和家裏的傭人劉媽一起在廚房裏做菜，聽到門外狗叫，就知道是林東來了，繫著圍裙從廚房裏出來，小鳥依人的走到林東身旁，說道：「親愛的，你稍等一會兒，飯菜就快做好了，今天我親自下廚哦。」

林東壓低聲音問道：「倩，你知不知道你爸叫我來幹嘛？」

高倩搖搖頭，低聲道：「我也不知道，我回來之前他就出去了，到現在還沒回來。你別多想了，坐沙發上看會電視，我估計他也該回來了。」

林東點點頭，到客廳的沙發上坐了下來，換到體育頻道，剛好有美職籃的直播。他酷愛籃球與足球，最喜歡看比賽，很快就拋卻了煩惱，全身心的投入到比賽中。

也不知過了多久，高紅軍回來了他都不知道，直到高紅軍在他旁邊的沙發上坐了下來，林東這才發現他回來了。

「五爺，您回來啦。」林東慌忙站起，雙手遞上帶來的禮盒，說道：「五爺，這是長白山的人參，帶給您泡酒喝。」

李龍三從林東手裏接過禮盒，高五爺笑道：「林東，別站著，坐下吧。」

林東微微一愣，前兩次來見高五爺，印象中好像就沒見過高五爺的笑容，今天那麼好的態度，倒是讓他有些不適應了。

「林東，聽說你現在又搞起房地產了？」高紅軍問道。

林東點點頭，「是啊，我收購了亨通地產的股票，就是前不久的事情。」

高紅軍道：「我記得你上次來的時候，我問過你有沒有想過做實業，當時你還沒想好做什麼。呵呵，短短半年不到，你搖身一變，就成了上市公司的董事長了，年輕人有衝勁，很好啊！」

林東頭一次從高五爺嘴裏聽到誇他的話，心中雖然有些激動，但是並沒有表現出來，表情如常，謙虛道：「五爺，您過獎了，亨通地產的情況遠比我原先估計的要差，我這次的投資風險很大，弄不好就血本無歸了。」

亨通地產的情況高五爺是有些瞭解的，說道：「別著急，年輕人吃吃虧也沒什麼大不了的，那都是經驗，成長過程中必須經歷的過程。」

林東點點頭。

高倩從廚房裏走了出來，從後面摟住高紅軍的脖子，「爸，飯菜好了，吃飯吧。」

高紅軍拍拍女兒的頭，「好，吃飯去，我今天是托林東的福，能嘗嘗我寶貝女兒親手做的菜。」

高倩鬆開父親的脖子，朝林東笑了笑，剛才高紅軍和林東的談話她在廚房都聽到了，看來老爸這次把林東找來不是壞事。

進了餐廳，分賓主落座。

劉媽端來一道菜，笑道：「先生，這是小姐親手炒的菜，你嚐嚐。」

高倩很少進廚房，根本不會做菜，這次聽說林東要來，就決定親自下廚，炒了一盤青椒馬鈴薯絲。

高紅軍夾了一筷子，放進嘴裏，嚼了嚼，不住的點頭，「嗯，味道不錯，正和我的口味。小倩，看來你很有做菜的天賦嘛。」

高倩得父親誇獎，喜上眉梢，「謝謝爸爸，以後我天天炒給你吃。」

林東舉起筷子，笑道：「我也來嚐嚐高大小姐的廚藝。」他夾了一筷子放進嘴裏，鹹得他差點吐出來，但一看到高紅軍微笑的表情，心想這是高倩第一次下廚，千萬不能傷害了她的積極性，於是只好擠出一絲笑容，裝出一臉陶醉之態。

高倩很納悶，問道：「有那麼好吃嗎？我也嚐嚐。」

林東趕緊把盤子端了過去，和高紅軍一老一少狼吞虎嚥的把一盤馬鈴薯絲吃得一根不剩。

「水！」二人同時道，差點沒被噎死。

高倩看著二人，臉上狐疑不定，問道：「爸、林東，是不是有些鹹了？」

劉媽端來兩杯水，二人一飲而盡。

嘴裏的鹹味終於淡了，高紅軍才開口道：「閨女，炒得很不錯，我和林東是吃得太猛了，噎住了，不是鹹的問題。」

林東點點頭，附和道：「倩，五爺說得沒錯，你很有天賦，假以時日，肯定能成為廚房裏的一把好手。」

高倩受到生命中最愛的兩個男人的鼓舞，一時間欣喜萬分，不住的點頭，「爸，既然你們那麼愛吃，我再去炒一盤。」

林東趕緊拉住她，說道：「倩，這一桌子已經很多了，別忙活了，夠吃了，要不然你在忙，我們吃得也不安心。」

「是啊，閨女，別忙活了，坐下來吃飯。」高五爺道。

高倩坐了下來，繼續吃飯。

飯後，高紅軍把林東叫到書房，泡上一壺香茗，看上去是有事要跟林東聊聊。

高五爺也沒繞彎子，開門見山的說道：「林東，你和小倩交往的時間也不短了，有沒有什麼打算？」

林東在心裏品味了一下高五爺說這話的意思，道：「五爺，我和高倩的感情您是知道的，我會對她負責的。」

高紅軍點點頭，「好，是個男人說的話。林東，小倩就快二十五了，也算是大姑娘了，早點叫你父母過來一趟，我們兩家人坐下來商量商量你們的事情。」

林東激動的站了起來，「五爺，您……說的是婚事嗎？」

「怎麼，你不想娶我女兒？」高五爺笑問道。

「不是不是，我是太高興了。過年回家我就跟我爸媽說一下，他們也一定很開心。」林東感覺就像如處雲端，飄飄然，很不真實的感覺。在他心裏，一直認為高五爺並不是很贊同高倩跟他交往，沒想到今天被高五爺叫來就是為了商談婚事的。

「五爺，謝謝您。」林東真誠的說了一句感謝的話。

高紅軍笑道：「林東，我知道你為什麼感謝我。你家的情況我是知道的，我從來都沒有什麼門戶之見。我二十幾歲的時候一無所有，能有今天都是靠自己拚搏得來的。在你身上，我看到了年輕時候的自己，你沒有讓小倩失望，我也很看好你。」

林東重重的點了點頭，眼圈都已紅了，澀聲道：「五爺，我也一定不會小瞧自己。」

「好了，沒什麼事了，知道你事多人忙，有事情就回去忙吧。」高紅軍笑道。

林東道：「五爺，那我告辭了。」

出了書房，高倩就把林東拉到了她的房間。

「東，你和我爸在書房裏聊什麼呢？」高倩問道。

林東的心情依然很激動，抱住高倩，在她白皙的面頰上親了一口，「倩，你爸找我是談我們的婚事呢，他讓我早點把我父母叫過來，到時候兩家長輩坐在一起商量商量。」

高倩一臉的驚喜，顯然沒有想到父親是為這事把林東叫過來吃飯的，笑道：「東，太好了！」

「難怪你爸今天對我那麼客氣，原來是已經把我當成女婿了。」林東笑道。

「得意吧你！」高倩舉起粉拳在林東胸前砸了一下，「對了，正好你來了，把我買給你父母的禮物帶回去吧。」

那些禮物就放在高倩的房間內，林東把禮物都搬到車裏，塞滿了整個後車箱。從高家出來，已是下午三點多。

林東正開車往回走，接到了李庭松的電話，這才想起昨天把金河姝扔給了他，也不知道這兄弟吃苦了沒有。

「老三，怎麼了？」

李庭松在電話裏說道：「老大，你讓我打聽的事情人家給答覆了，那塊地現在還是國家的，沒有賣出去。」

「太好了！」林東大喜道。

李庭松歎了一聲，「老大，金河姝是什麼人？你不知道昨晚一宿把我折騰的，唉，怎一個慘字了得！」

林東道：「金河姝是蘇城四少之首金河谷的親妹妹，珠寶商金大川的女兒。老三，說實話，你是不是看上眼了？」

李庭松沉默了一會兒，「嗯嗯」了兩聲。

「金河姝天真單純，這是那些豪門中少有的。」林東道。

李庭松不得不承認金河姝給他的感覺很不一樣，說道：

「老大，我根本就不知道她的家世，沒想到她竟是珠寶商金大川的女兒，隨緣吧。」

林東笑道：「老三，你別灰心喪氣，你的家世也不差。再說，窈窕淑女，君子好逑，跟是誰的閨女兒子沒關係。」

「可她喜歡的是你。」李庭松直言道。

林東一時語塞，沉默了一會兒，才道：「今天中午高倩她爸叫我過去吃飯，飯後和我談論了我和高倩的婚事。老三，我和高倩明年應該就會結婚了。對於金河姝，在我眼裏，她就是個妹妹，你若是喜歡，就放手去追求，考慮別的都是多餘的。」

李庭松道：「老大，我知道了，就這麼著吧。」

掛了電話，林東開車回到家裏，把高倩給他父母買的禮物都從車裏搬到了屋裏。

到了家中不久，就接到了周雲平打來的電話。

「林總，別忘了明天上午九點的董事會。」

林東道：「放心吧，忘不了。小周，公司有沒有什麼情況？」

周雲平道：「暫時還沒有。」

掛了電話，林東就出門了，他開車去了一趟市工商局，找到了李民國。

工商局有金鼎投資很多的客戶，見到林東的到來紛紛和他打招呼。林東走到李民國辦公室的門前，門是開著的，李民國的辦公室還有一人。

那人見外面有人，就起身道：「李局長，那咱們今天就聊到這兒吧。」

李民國把那人送到門口，把林東請進辦公室，笑問道：「小林，你怎麼來了？」

林東從李民國手裏接過他端來的茶杯，笑道：「李叔，我是無事不登三寶殿。

跟您我就不繞彎子了，我看上了高新區國際教育園附近的一塊地，我找庭松打聽過了，那塊地現在還無主，想請你牽頭搭線，找找那塊地的主管部門的負責人。」

李民國弄清楚了林東來的目的，點點頭，他在蘇城官場上混了半生，人脈非常之廣，林東來找他顯然是個正確的選擇，「這事不難，你李叔別的沒有，一把年紀，就剩下幾分面子了，人我肯定幫你請到，接下來的事情我不參和，能不能談下來就靠你自己了。」

林東點點頭，笑道：「李叔，該出的力您還得出，只要那塊地被我弄到手，到時候商業街一建起來，我分您股份，每年就等著分紅。」

李民國嘿嘿笑了笑，「你小子真是比猴兒還精，既然話都說到這份上了，我也就不說啥了，放心吧，就咱們的關係，你的事情我還能不盡力？」

林東笑道：「李叔，我臘月二十五就回去了，能在這之前安排好那是最好，如果不能在這之前安排好，那就春節後吧，反正不急在這一時半刻。」

李民國點頭笑道：「我明白了，這事你包在我身上，放心吧。」

李庭松起身告辭，「李叔，那我就不打擾了，還有事情要處理。」

李民國起身把林東送到工商局的大院裏，看著林東上了車，這才回辦公室。

出了工商局，林東在工商局附近的煙酒店裏買了一箱五糧液放在車的後座上。楓樹灣的房子已經裝修好了，今天收工，他答應那幫工友們要請他們喝收工酒的。

開車到了楓樹灣，天已經黑了，林東把車停在樓下，搭電梯到了八樓，一進門，就看到忙碌的工友們正在收拾姓李，明天就要回家過年了，眾人身上揣著一年來辛苦所得的工錢，想到就快要見到老婆孩子，談笑中透露出歸家的興奮。

「喲，東家來了。」

工頭吳老大走了過來，遞給林東一支煙。

林東從口袋裏掏出煙盒，笑道：「吳老大，抽我的吧。」

工人們見林東來了，都放下了手中的事情，和這個半個老鄉打招呼。林東散了一圈的煙，說道：「各位大哥，我說過我這邊工程結束的時候請大家喝收工酒的，大家準備一下，咱們現在就去吧。」

工頭吳老大跟著吼道：「林老弟不是旁人，他是咱的半個老鄉，是咱外地人在蘇城的驕傲，兄弟們一定得給面子，不准不去。」

「好！」

工友們紛紛應聲響應。

吳老大趁著大家收拾的時間，領著林東在剛裝修好的房子裏轉了一圈，「林老弟，你瞧怎麼樣？」

林東有幾個叔伯就是搞裝修的，在家的時候聽他們講過，看裝修工程的好壞主要是要看那些不容易留意到的地方，比如牆角、屋頂什麼的。林東看了一圈，這房子裝修的美輪美奐，幾乎沒有瑕疵，看得出他的這些半個老鄉們是用了心的。

「很好啊，吳老大，你還能不能找到更多的人？」林東問道。

吳老大不解的問道：「林老弟，你要人幹啥？」

林東笑道：「我現在弄了個地產公司，明年打算出一批精裝房。你們的裝修品質很好，只要你能保證品質和工程的進度，我可以把工作交給你。」

吳老大沒想到天上掉下個大餡餅，興奮的直搓手，感覺到自己要發達了，問道：「林老弟，你那工程需要多少人？老家有不少人都是做裝修的，正好過年回去，你給我個數，我好去聯絡。」

林東道：「你先弄一百人過來，到時候如果人手不夠的話，你再想辦法。」

吳老大道：「好，一百人我還是有把握喊過來的，再多我也沒把握了。」

快要回家了，裝修工們聽說林東要請吃飯，都換上了一身乾淨的衣服，就連皮鞋也是擦的發亮，與林東前幾次見他們的模樣判若兩人。

「哥幾個都好了嗎？那咱就走吧。」

眾人在四海酒店吃喝一頓，酒足飯飽，吳老大等人歪歪扭扭，已經站不穩了。

林東本打算開車送他們回去，吳老大執意不肯。林東只好依了他，叫了兩輛車，看著他們離開。

回到家裏，林東洗漱過後就休息了。

第二天上午，他七點鐘就起來了，吃過早飯，就開車往溪州市去了。

到了亨通大廈，已經八點半了。進了辦公室，見周雲平已經到了。

「林總，董事會會議室那邊我已經安排好了。」周雲平邊走邊說，跟著林東進了辦公室，把一疊資料放在林東的案頭，「這些都是需要您簽署的文件，我放在這兒了。」

「好，小周，這些文件你看過沒有？」林東問道。

周雲平點點頭，「每一份我都看過了。」

林東坐了下來，拿起簽字筆，看也不看，飛快的把一疊文件全部簽署好了。

周雲平問道：「林總，您怎麼看也不看？」

林東笑了笑，「小周，不是你說看過了嗎？你說沒問題那就沒問題，我相信你。」

周雲平一愣，沒想到林東會那麼信任他，心中幾分驚惶，幾分感動，「哦，林總，光想著和你講話，忘了給你倒杯水了。」周雲平趕緊給林東倒了杯熱水，他知道林東的習慣，不喝咖啡也不喝茶，只喝白開水。

一杯水喝完，已快到九點。

林東對著鏡子整飭了一下衣容，就往開董事會的會議室走去。周雲平手裏拿著筆記本，亦步亦趨的跟在他的身後。

會議室已經到了不少人，林東一進去，眾人紛紛和他打招呼。

「林董，就等你了。」

畢子凱朝他笑道。

林東笑了笑，「不好意思，來晚了。」

畢子凱看了看時間，說道：「沒有沒有，這還沒到九點呢，大家來得都比較早。」

林東把待會兒會議上要提出來的方案和畢子凱及宗澤厚通了通氣，二人表示沒有意見，會給予他大力的支持。

九點鐘一到，林東清了清嗓子，笑道：

「各位董事好，這是我接手亨通地產以來召開的第一次董事會。今天我打算就幾個議題和大家討論一下，各位時間寶貴，我也就不多說廢話了。第一項，就是撤除公司保衛處的議題。我這裏有一份資料，上面記載了公司在有保衛處的這些年公司財務丟失的記錄，發給大家看一下。」

周雲平把那份資料給每位董事都發了一份。

這些董事不參與公司的管理，所以很多情況並不是很清楚，在乍一聽到林東要撤除保衛處的時候，都大感詫異，但當他們看到了周雲平發下去的那份資料，心中對保衛處的不滿已經達到了一個前所未有的高度。

「這樣的部門留之何用！撤，必須撤！」

眾董事義憤填膺，他們是公司的董事，是出資方，公司的所有財務都有他們的一份，看到這幾年來丟失了那麼多東西，只覺白養了保衛處的那幫人。

林東道：「據我掌握的情況來看，保衛處甚至還監守自盜，所以我向董事會提議廢除保衛處。」

「汪海這些年是幹什麼的，怎麼一直都沒有察覺？林董這才上任幾天，就發現了那麼大的問題，這蛀蟲必須剷除！」

宗澤厚道：「現在大家舉手錶決，同意撤除保衛處的董事請舉手。」

十五名董事全部舉起了手，周雲平做了一下統計，低聲對林東道：「林董，全票通過。」

「那進行第二項議題。」林東頓了一下，表情凝重的說道：「在過去的幾年，公司的品牌形象遭受到了很大的損失，在溪州市的住房需求者心中留下了非常不好的印象，所以我想更改公司的名字，當然，這只是我們重新樹立公司品牌形象的第一步。各位董事，是否有意見呢？」

宗澤厚清了清嗓子，道：「我贊成林董的提議，更名很有必要，這顯示出了我們與過去決裂的決心，也顯示出我們開拓未來的雄心！」

畢子凱隨後附和道：「林董和宗董說得對，汪海留下來那麼一個爛攤子，我們必須想辦法走出一條新路，否則公司必死無疑。更名我覺得很有必要，雖然只是換了一個名字，但是那代表一個全新品牌的出現啊！」

公司的前三大股東都紛紛表了態，而剩下的小股東們也無話可說。其中大多數人是贊成公司更名的，但也有少數人認為沒那個必要，認為這是務虛，而不是務實。

「還是舉手投票吧。」林東說完，率先舉起了手，眾人相繼舉起了手，依然是全票通過。

「林董，那公司的新名字，你有沒有想好呢？」一名董事問道，他的問題也是剩下十幾名不知情的董事心中共有的疑惑。

「這個問題我有考慮過，暫時擬定為金鼎建設，各位覺得這個名字怎麼樣？」林東笑問道。

這回宗澤厚和畢子凱沒說話，既然已經全票通過了更名提案，只要名字不是太難聽，這些個董事是不會反對的。

「這名字好啊，金鼎，象徵著富貴與權力，好兆頭啊！」眾人交耳議論，都覺得林東提出的這個名字很不錯。

等到下面議論的聲音漸漸弱了下來，林東笑道：「那公司的新名字就定了下來，春節之後更名，到時候舉行個更名儀式，一定把這事辦得熱熱鬧鬧的。」

這些董事手裏都握有很多亨通地產的股份，公司更名之後，公司股價上漲的可能性很大，這在A股中很常見，所以並不反對把更名儀式辦得隆重些，因為宣傳的效果越大，股價飆升的幅度就也可能越大。

董事會從九點開到十一點，進展得十分順利，林東提出的所有建議，都被全數採納。

散會之後，林東回了董事長辦公室。

保衛處的周建軍已經得知了董事會裁撤保衛處的決議，怒氣沖沖的闖進了董事長辦公室。他一腳踹開了大門，直往裏面闖。

「周處長，你幹什麼？」

周雲平上前喝斥他，但並沒有效果。周建軍怒瞪他一眼，雙目之中似要噴出火來，他已是一頭發怒的蠻牛，任何人也阻擋不了他發洩胸腔內的怒火。

「你滾開！」

周雲平想擋住周建軍，卻沒有他力氣大，被周建軍一胳膊撥到了一邊，他抬腳就往林東辦公室的門上踹去。

「砰！」周建軍這一腳用盡了全力，把林東辦公室的門踹了開來。

「小周，別攔他，讓他進來。」林東坐在辦公桌後，面無表情道。

周雲平被周建軍掄開之後，又撲了過來，死死抱住了周建軍的另一條腿，聽得林東的吩咐，才鬆開了周建軍的腿。

林東目光直視周建軍，看得他心底一寒，周建軍轉念一想，我怕什麼，我現在已經不在他手下混飯吃了，立時壯起膽子，昂首挺胸的進了林東的辦公室。

「姓林的，你憑什麼裁了我的保衛處？」周建軍指著林東怒吼道。

林東放下筆，冷冷的道：「周建軍，我為什麼裁掉你的部門，你還不知道嗎？」

周建軍心中怒火萬丈，「老子低三下四的跟你認了幾回錯了，我知道你新官上任三把火，但也沒必要不留一點活路吧。姓林的，行，算你狠。你信不信老子一把火把你這鳥辦公室燒了？」

林東無言冷笑，瞧著周建軍的眼神帶著不屑與鄙夷，似乎在說，你有種就把我的辦公室燒了。

周建軍被他瞧得心底發怵，兀自強撐著，一副雄赳赳氣昂昂的模樣。他本就是溪州市的一名混混，但因有個當官的叔叔，得他叔叔照顧，才被安排進了亨通地產。汪海為了巴結討好他那有權勢的叔叔，硬是把周建軍這不學無術的混混提拔到了部門主管的高位上。

此時，周建軍撒起了潑，市井之徒的形象再也掩飾不住。

周雲平走進林東的辦公室，他知道跟周建軍這種人硬來是不行的，所以準備嚇嚇他，希望他能主動退出去，「林總，要不要報警？」

周建軍一聽周雲平要報警，臉色一變，忽然狂性大發，一個大步跨到周雲平身前，大手一抓，就拎住了周雲平的衣領，「姓周的，你敢報警！我讓你報警！」猛地一拳擊在周雲平的臉上，周雲平悶哼一聲，鼻血狂湧而出。

林東一拍桌子，「周建軍，別給你臉不要臉。」

周建軍被他一聲喝斥，鬆開了周雲平的衣領，邁步朝林東走來，他已被怒火沖昏了頭腦，想的只是怎麼發洩心裏的怨氣，「姓林的，罪魁禍首就是你，老子反正也被你裁了，一不做二不休，索性把你也給收拾了。」

周雲平照著林東的臉上就是一拳，大拳頭虎虎生風，卻沒能擊中目標，因使力過大，差點使自個兒撲倒。

林東可不是周雲平那樣缺乏鍛煉的人，他身手矯捷，看清了周雲平的拳路，一側身就讓開了。

「周建軍，如果你再鬧事，休怪我手下不留情。」林東大聲喝道。

周建軍已經發了狂，根本聽不進任何人的話，見到林東辦公桌旁有高爾夫球杆，劈手抓了一根出來，揮舞著朝林東頭上砸去。

「林總，小心！」

周雲平捂著流血不止的鼻子驚叫一聲，快步往外面走去，他知道自己無力阻止周建軍鬧事，只能打電話報警了。

那高爾夫球杆頭部是個彎曲的金屬鉤，如果被那東西砸到一下，難免頭破血流。林東不敢大意，往後退了幾步，避開了迎面而來的球杆。周建軍一擊未果，舉起球杆又要砸下來。

林東眼疾手快，趁他運力之時，欺身上前，空手入白刃，抓住了周建軍手中的球杆。

「撒手！」

他大喝一聲，用上了全身力氣，周建軍只覺一股大力湧來，縱然使上了吃奶的力氣也抓不住球杆，只這一個回合，球杆就被林東奪了過去。周建軍心中震駭莫名，想不通這文質彬彬身材清瘦的年輕人哪來那麼大的力氣。

倉促之間，也容不得周建軍多想，他生怕林東拿起高爾夫球杆砸他，先下手為強，朝林東踹出一腳。

林東本不願在辦公室內動粗，但周建軍屢次進犯，激怒了他。一側身，照著周建軍立地的那隻腿踹去。

「啊——」

周建軍發出一聲慘叫，倒在地上，抱著腿，疼得滿地打滾。

周雲平打完了報警電話，衝了進來，瞧見周建軍倒在地上，再看著面無表情的老闆，難以置信周建軍這個身高接近一米九的壯漢，竟然被林東這個書生模樣的瘦子給打倒了。

「林總，你沒事吧？」周雲平急切的問道。

林東道：「小周，我沒事，你趕緊去醫院吧。周建軍那一拳不輕吧。」

周雲平仍舊捂住鼻子，滿手都是血，「沒事，血已經止住了，等員警來了之後我再去醫院。」

周建軍一聽周雲平真的報警了，掙扎著想起來，但腿上被林東踹到的那個地方劇痛難忍，鑽心蝕骨般的疼。他年輕的時候好勇鬥狠，經常被打得一身傷，以他的經驗判斷，那兒多半是骨裂了。

「姓林的，你下手真狠！」

周雲平躺在地上，咬緊牙關，倒吸著涼氣，嘴裏發出「嘶嘶」的聲響，滿腦門子都是冷汗，惡狠狠的盯著林東。

員警一會兒就到了，問道：「誰報的警？」

周雲平舉起手，「是我。」

員警一看地上還躺著一個，問道：「誰打的人？」

林東道：「是我。」

「為什麼要打人？」

「因為他要打我。」

周雲平調出了董事長辦公室的監控錄影，「這是剛才的監控錄影，你過來看看就清楚了。」

員警點點頭，「好，有監控最好，倒也省了我挨個盤問。」看了錄影，事情的經過他也就清楚了。

「你這傢伙跑到人家辦公室裏來鬧事，被人打了也活該。起來吧，跟我去局子裏走一趟。」員警蹲著對躺在地上的周建軍道，言語中充滿嘲諷。

「我起不來了。」周建軍實話實說道。

那員警打了個電話，把在樓下等他的警員也叫了上來，把周建軍給架了出去，轉而對林東二人道：「你們出個人跟我去錄口供。」

「我去。」周雲平邁步就要往外走。

林東拉住了他，「小周，你去醫院查一下，我跟他們去。」

「老闆，怎麼能讓你進局子呢？」周雲平的鼻子雖然不流血了，但仍是隱隱作痛，不過讓老闆進局子，是他這個新秘書不能容忍的事情。

林東道：「哪來那麼多規矩，局裏我又不是沒去過。小周，你趕緊去醫院吧。」說完，就跟著員警走了。

周雲平心中暗自感動，這老闆對他真的不錯，把辦公室裏外打掃了一下，就去醫院了，到了醫院一查，是鼻樑骨斷了。醫生說要做個小手術。

「周建軍，老子跟你沒完！」周雲平心中暗暗發狠，挨了一拳也就罷了，現在還得再挨刀子，這令他胸中怒火萬丈。

「醫生，我這鼻子暫時先不做手術。」

周雲平心中掛念老闆，出了醫院就給林東打了個電話。

「老闆，你從公安局出來了沒？」

林東到了公安局，配合員警錄了個口供，前後二十分鐘不到就出來了，「我早出來了，對，我正在往醫院去的路上，小周，你鼻子怎麼樣？」

「老闆，你別來了，我剛從醫院出來。醫生說骨折了，要做個小手術。」周雲平道。

林東罵道：「要做手術你還出來幹嘛？你趕緊給我回去，立刻動手術。我告訴你，我大學一個哥兒們，在球場上被人撞得鼻樑骨折，就是因為沒有及時做手術而成了歪鼻子。你趕緊回去做手術，老子可不想以後帶著個歪鼻子秘書四處蹓躂，丟人！」

周雲平嘿嘿笑了起來，牽動了傷勢，疼得他齜牙咧嘴，立馬止住了笑，被林東那麼一罵，他不僅不生氣，反而十分開心。林東雖然罵了他，但話裏話外都透著老闆對員工的關心與重視之情啊！

「老闆，你別罵了，我這就回去。不過你不必來了，別耽誤了工作，我打電話給我媽，她來就行了。」周雲平聽了林東的話，立馬折回了醫院，他還沒結婚，也怕破了相找不到老婆。

林東很快開車趕到了醫院，找到了周雲平。

「老闆，你怎麼來了？」周雲平驚問道，不是已經讓他不要來了嗎？

林東笑道：「周建軍找的人是我，你那拳是替我挨的，我能不來嗎？走吧，我幫你繳費和辦理入院手續。」

周雲平：「……」感動得淚流。

第九章 公關部的心機

江小媚長出了一口氣，心中不禁湧出一絲絲的欣喜。
她一定要搶在銷售部林菲菲的前頭做出點成績來給新老闆看看，
眼下維護老關係就是一次機會。
江小媚臉上閃過一抹冷笑，與林菲菲的這一局比拚，她已佔據了先機。

林東一直在醫院裏，直到周雲平做好了手術，確定他已沒有問題，這才離開了醫院。周雲平的父母都來了，知道公司老闆也在，也感動得不得了，由他們照顧周雲平，林東也就放心的離去了。

到了酒店，剛吃完飯，就接到了陶大偉的電話。

「林東，萬源跑了！」

陶大偉的聲音略帶沉重。

「怎麼跑的？」林東驚問道。

陶大偉道：「那廝不知怎麼收到消息，得知東窗事發，直接從香港坐船跑了，人去了哪裏我們也沒弄清楚。」

林東道：「大偉，他跑了就跑了吧，估計以後也不敢回國了。」

「我們把汪海給抓了。」陶大偉道，「萬源買兇殺人，他知情不報。」

林東道：「大偉，你們辛苦了。這事就算過去了，汪海賠了公司，現在人又被抓了，萬源落得個逃亡海外，下場都很淒慘。他們已經為自己的所作所為付出了代價。」

「嗯，我只是通知你一聲。好了，我還要執行任務，不講了。」

掛了電話，林東長吁了口氣，金鼎投資公司成立之初就得罪了汪海與萬源這兩個惡人。如今這兩個昔日囂張跋扈的惡人自食其果，已經得到了報應。林東與汪海二人之間的仇恨也算是告一段落。

林東回憶起這幾個月與汪海和萬源鬥爭的經過，這段過程也是他真正成熟的歷程，從某些方面來說，汪海與萬源教會了他許多，讓他懂得了人心的險惡與商場的狡詐。

在這個波詭雲譎的社會裏，要想生存下去並不容易，必須要有精明的頭腦與堅硬的心腸。

「快過年了，什麼時候回去？」

一間咖啡廳內，音樂宛轉悠揚，營造出令人輕鬆愉悅的環境。楊玲坐在林東的對面，素手捏著小湯勺，輕輕攪拌杯中的咖啡，一股濃郁的香氣散發出來。

「快了，臘月二十五我就回去。」林東低頭大口的吃著碗中的牛肉麵，他和楊玲見面之後，覺得有些餓了，楊玲就把他帶到了這個地方。

楊玲臉上閃過一絲落寞的神情，她父母雙亡，又沒有兄弟姐妹，與前夫也沒育有子女，每逢過節的時候，萬家團圓，而她卻是孤獨一人坐在空蕩蕩的大房子裏。

「那什麼時候回來呢？」楊玲抿了一口咖啡，笑問道。

林東吃完了，把筷子一放，擦了擦嘴，笑道：「什麼時候回來還沒確定，一年沒回家了，有許多事情要辦的，我想應該早不了。」

楊玲從包裹拿出一串鑰匙，「這是那棟別墅的鑰匙，以後那房子就屬於你了。」

林東訝聲道：「那麼快？」

楊玲搖搖頭，「手續還沒辦好，但是你錢已經付了，現在你在這邊又沒房子，提前入住也沒什麼不可以的。」

林東把鑰匙揣進了口袋裏，笑道：「那我就不客氣了，明天我找人打掃打掃，說不定明晚就住進去。」

「走吧，陪我去廣場散散步。」楊玲起身道。

林東點點頭，「走。」

楊玲伸手想去抓林東的手，動作卻在半空中僵住了，頓了一下，就將手收了回來，插進了外套的口袋裏。

林東察覺到了她這一變化，問道：「玲姐，怎麼了？」

楊玲勉強笑了笑，「沒什麼。」

往前走了幾步，林東就明白了楊玲的用心。這個女人，想牽著心愛的男人的手一起散步，卻又害怕給她心愛的人帶來不好的影響，只好委屈了自己。

已是深夜，廣場上幾乎沒什麼人了。

林東把手搓熱，然後把楊玲的手從口袋裏拿了出來，溫柔的握住了。

「玲姐，我給不了你什麼，這輩子是我虧欠你，趁著夜裏人少，就讓我牽著你的人走一走吧。」

楊玲目中淚光閃爍，很是感動，握緊了林東的手，輕輕在他胳膊上擰了一下，「討厭，盡說這些煽情的話，害得人家流眼淚。」

廣場上立著三根旗杆，高高聳立，頂端的旗幟被北風吹得獵獵作響。夜色下，一對男女悠然的走在空蕩的廣場上，不時發出愉快的笑聲。

「那個……林東，你今晚去我那裏嗎？」楊玲低著頭，問道。

「去啊，怎麼不去。」林東說完，拉著楊玲的手就往停車的地方走去。

第二天早上，林東準時到了辦公室，卻發現門已開了，周雲平來得比他更早。

「小周，你怎麼來了？不是讓你在家多休息幾天的嗎？」林東看著鼻樑上蓋著紗布的周雲平道。

周雲平不能笑，一笑就牽動傷口，就會疼，所以始終是面無表情的樣子，道：

「林總，我沒事，只是個小手術，不影響工作的。」

林東聽他那麼說，也就隨他去了，「我不管你了，話我可說在前頭，公司財務緊張，我也不可能多發你工資的。」

「我也沒想過多要工資。」周雲平道。

林東笑了笑，周雲平也笑了笑，牽動了傷口，疼得他齜牙咧嘴。

「小周，你把江小媚給我叫來。」林東吩咐了一句，就進了自個兒的辦公室。

周雲平拿起桌上的電話，給公關部打去，電話接通後，道：「喂，這裏是董事長辦公室，請江部長到林總辦公室來一趟。」

電話打了不久，江小媚就出現在了門前，人還未到，一陣香風已經撲面而來。大冷的天，她卻只在修長挺拔的長腿上穿了一層透著肉色的黑色絲襪，上身穿了一件紅色的風衣，看上去妖豔狂野。

「周秘書，林總找我何事？」江小媚輕聲問道。

周雲平搖搖頭，指著裏間的那間辦公室，意思是說你進去就知道了。

江小媚見周雲平不苟言笑，心裏咯噔一下，有種不好的預感籠上心頭，卻不知周雲平是想笑而不能笑。

江小媚敲了敲門。

「請進。」

裏面傳來林東低沉的聲音，江小媚推開門，臉上已經換了一副表情，面帶微笑，給人如沐春風之感。

「林總，您找我。」

林東放下手中的事情，請江小媚坐下，「哦，江部長，請坐吧。」

江小媚在他對面坐定，心裏七上八下，保衛處已經被裁了，她心裏暗自揣測，難道林東要把公關部也裁了？

「江部長，就快過年了，年前有什麼工作安排？」林東笑問道。

江小媚道：「林總，我們部門很閑，我也沒什麼安排。」

林東道：「我知道汪海在位的時候，得罪了許多人，這裏面包括咱公司以前的老關係。但現在汪海不在了，那些個老關係我們是不是該想辦法重新去接洽維護一下呢？公司雖然財政緊張，但你放心，該花多少錢，你儘快給我一個預算和方案，我會批准的。如果有些關係是需要我出面的，你提前告訴我，我空出時間和你一起跑跑。」

江小媚一臉的慚愧，「林總，真是對不起，我是公關部的主管，這些事情本來是該我考慮的，卻要你來提點，我慚愧啊！」

林東擺擺手，「莫說這話，公司業績那麼差，大部分員工都沒什麼動力，有勁也沒地方使。我想這種情況在明年一定會有改觀的。江部長，你儘快拿出方案來，離過年可沒幾天了，晚了可就沒噱頭了。」

江小媚點點頭，「林總，請你放心，我這就去準備。」

從董事長辦公室裏出來，江小媚長出了一口氣，心中不禁湧出一絲絲的欣喜，林東對她委以重任，這就說明他並沒有調動或開除她的打算。江小媚知道林東不是汪海那樣好糊弄的，若是做不出來點成績，遲早還是要滾蛋的。

她暗自下了決心，一定要搶在銷售部林菲菲的前頭做出點成績來給新老闆看看，眼下維護老關係就是一次機會。

江小媚臉上閃過一抹冷笑，與林菲菲的這一局比拚，她已佔據了先機。

中午的時候，譚明輝給林東打了個電話。

「林老弟，在忙嗎？」

「譚二哥，不忙不忙，找我有事嗎？」林東笑問道。

「嘿，你小子不簡單啊，搖身一變就成上市公司董事長了，不會發達了就忘了咱這個兄弟了吧？」譚明輝哈哈笑道。

林東道：「譚二哥說的哪裏話，要不這樣，擇日不如撞日，今晚我做東，叫上譚大哥，咱兄弟三個好好喝一頓？」

譚明輝笑道：「我哥去外地了，今晚可以，我帶個人一起。他是咱們溪州市一家保安公司的老闆，我的朋友，我聽說你把公司的保衛處裁了，想介紹點生意給他，到時候你們聊聊。」

林東正想著找保安公司，譚明輝對他有恩，既然他張口了，自然不好駁了他的面子，笑道：「好啊，那就今晚，食為天見怎麼樣？」

「行，你說哪裏就哪裏。六點半，我和我朋友準時到。」譚明輝道。

掛了電話，林東給食為天的總經理鄧彥強打了個電話，「喂，鄧經理，我是林東。」

鄧彥強一聽是林東，唯唯諾諾的問道：「您好董事長，請問有什麼吩咐嗎？」

「給我留一個包廳，晚上六點鐘我過去，席面就按最高規格的來吧。」林東在電話裏說道。

鄧彥強大聲道：「請董事長放心，我一定操辦好！」

掛了電話，鄧彥強立馬就把飯店的幾個領導召集了起來，這是林東第一次吩咐他準備酒席，可不能弄砸了，力爭做到盡善盡美，給林東留下一個好印象。

上午在辦公室已經處理好了全部公務，林東在食堂吃過中飯，就來到了公司。公司的員工都很奇怪，他們從來沒見過汪海去過一次食堂，但林東來了之後，只要中午在公司，基本上都是去食堂吃的，按序排隊。剛開始員工們有些害怕他，覺得董事長高高在上，不敢和他多交流。等到過了一段時間，大部分人都發現了新老闆很平易近人，有幾個膽大的就和林東攀談了起來，接著，更多的員工主動和林東聊天。在食堂吃飯，他倒不是為了省那一點點飯錢，主要是為了能傾聽最底層員工的聲音，從他們口中可以瞭解到許多自己看不到的東西。

開車去了家政公司，卻沒找到一個願意接活的人。那裏的負責人告訴他，由於快要過年了，大部分員工都回家了，還有些沒回家的也準備回家了，大家辛苦了一年，都盼著回家過年呢。

走出家政公司，正當林東打算自己回去打掃別墅的時候，電話響了。

「東，你在哪兒呢？」打電話來的是高倩。

「我在溪州市一家家政公司門口，鬱悶啊，沒有一個願意接工作的，都盼著過年回家呢。」林東舉著電話站在車旁道。

高倩咯咯笑了笑，「別鬱悶了，請不來傭人，我們就自己來吧。你快回來吧，我在榮華名邸門口，保安不讓我進去。」

「啊？你來啦，怎麼也不早點告訴我一下。」林東慌忙上了車。

高倩道：「怎麼，不歡迎嗎？你是不是金屋藏嬌了，怕我來撞破你的好事？」

林東笑道：「你瞎說什麼呢？好了，我先掛電話了，你等我一會兒，大概二十分鐘我就到了。」

發動了車子，朝榮華名邸開去，路上交通順暢，連一個紅燈都沒遇到，不到一刻鐘就到了榮華名邸的門口。下了車，林東遞了根香煙給在外站崗的保安，「你好，我也是這社區的業主，這是我女朋友，我們可以進去嗎？」

那保安收下了林東的香煙，打量了他幾眼，「您見著眼生啊，是這社區的嗎？」他看林東和高倩開的都是好車，但從來沒見過林東，所以也不敢貿然放他們進去。

林東道：「我的房子是剛買的，今天剛拿到鑰匙，A73棟。」他把鑰匙拿了出來，給了那保安看了看。

保安認識他手上的就是這片別墅區的鑰匙，立馬笑呵呵的道：「哎呀，先生，不好意思，您請進吧，回頭帶上房產證到物業那兒辦張出入證明，也省得以後發生麻煩。」

林東點頭，「好，回頭我去辦一張。」轉而對高倩道：「倩，跟在我後面。」

二人駕車進了別墅區。

那保安把林東遞給他的香煙放在鼻子底下嗅了嗅，一臉的陶醉之色，心說這煙真香，若是每個業主都能像剛才那年輕人那樣，他們的工作可就好幹多了。

林東和高倩停好了車，高倩走到林東身旁，看著這氣派的大房子，心中生出萬千感慨。

「東，你猜我現在心裏在想什麼？」

林東笑道：「倩，只要你看著我，我就知道你心裏在想什麼。」

高倩一臉的不信，「那麼邪乎？我還真不信。」

「不行你就試試。」林東挑釁道。

高倩不甘示弱，轉過身子仰起頭看著林東的眼睛。

林東已經有好長一段時間沒有用過他的讀心異能了，看著高倩的眼睛，沉睡在瞳孔深處已久的藍芒復活了，躁動不安，好似欲要衝破眼球。

「好了，我知道你在想什麼，你在想我以前住的地方，大豐新村的那個小屋，是不是？」林東笑問道。

高倩一臉的難以置信，追問道：「林東，你是怎麼猜到的？太神奇了！我剛才就是在想那間小屋，那裏的條件多差，我進去一次都不想進第二次，這才過了多久啊，你都住上那麼大的別墅了。」

林東感歎一聲，「是啊，我也覺得不可思議。不過我一直很佩服一個人，你猜猜是誰？」

高倩想了想，沉吟道：「不會是我吧？」

林東摟著她，「恭喜你，你猜對了！想我林東是靠炒股票發家的，我一直認為我的選股能力很不錯，但跟你高大小姐比起來，那就是小巫見大巫了。當初我住在三百塊一個月的出租屋裏，全身上下湊不出五百塊錢，到現在身家過億，掌管兩家公司。如果把我比作一支股票，那股價得翻了多少倍啊！所以說，你才是獨具慧眼的最佳投資人！」

高倩被他那麼一誇，會心的笑了笑，握住林東的手，說道：「東，實話告訴你，喜歡你的時候只覺得你身上有與我認識的那些男生不同的地方，我知道你肯定不會永遠落魄，但絕沒有想過你會在那麼短的時間內做出那麼大的成績。甚至在你和我爸打賭要在年底之前掙到五百萬的時候，我自己都不相信你能贏，但你就是贏了。我慶幸自己在你處於人生低谷的時候遇見了你，我陪你度過了那一段灰色的歲月，我想日後無論你如何富有，你也不會忘記那段日子，不會忘記在那段日子裏陪伴在你身邊的女人。」

她想起林東曾在醉酒之後呼喊一個名叫「柳枝兒」的女人，當時她雖然未問林東那個女人是誰，但那個名字卻從此在她腦海裏生了根，再也揮之不去，時常想起，幾次都忍不住想問他那個女人到底是誰。

高倩忍住了，兩個人在一起，彼此都需要一點自我的空間。她雖然專橫霸道，但是大道理卻是懂得。

「走吧，外面多冷，咱們去裏面看看。」林東摟著高倩進了屋內。

帶著高倩逛遍了這三層小樓，林東笑問道：「倩，這房子怎麼樣？」

高倩點點頭，「還行，肯定值一千萬。」她從來不關心樓市，所以對房子的價錢並沒有什麼概念，如果是稍稍對溪州市的樓市有些瞭解的人看過這房子，肯定會認為至少價值三千萬。

「跟你家那棟依山而建的大房子相比，肯定是沒法比的，不過一千萬能買到這樣的，我算是撿了大便宜了。倩，請不到人，那就咱倆一起動手打掃打掃吧，這房子雖然看著乾淨，但畢竟很久沒住人了，必須得打掃打掃。」

高倩抱住林東的胳膊，「東，我喜歡和你一起打掃屋子，這樣很有在一起過日子的感覺。」

林東摸摸她的臉，笑道：「時間不早了，晚上我還有個飯局，咱們得加緊速度了。」

二人找來打掃的工具，開始裏外的打掃起來。

打掃完畢，兩人都累得出了一身的汗。

高倩躺在沙發上歇息了一會兒，看著滿屋子的舊傢俱，對林東說道：「東，為了恭喜你入住新居，我決定把這屋子裏的舊傢俱都換掉，換上新的。」

林東道：「你別燒錢了，這傢俱都很好，沒必要換。」

高倩不依不饒道：「不行，我就是要換。」

林東腦筋一轉，說道：「你要換也可以，但不是馬上，等明年咱們結婚的時候吧，怎麼樣？」

高倩一想，笑道：「這也行。」

林東看了看時間，將近六點了，說道：「倩，我有個飯局，你跟我一起去吧，不然把你一個人扔在這裏，我也不放心。」

高倩道：「既然你盛情邀請，那我也不好拒絕，走吧。」

二人出了門，共乘一車，往食為天去了。食為天的位置離亨通大廈不遠，路過亨通大廈的時候，林東告訴高倩，他的公司就在這座大廈裏。過了亨通大廈，五分鐘不到就到了食為天。

一過五點半，食為天的總經理鄧彥強就到門口準備迎接林東了，這一等就是三刻鐘，凍得他臉都紅了。

鄧彥強一看林東下了車，立馬迎了上去，躬身笑道：「董事長，包間我都準備好了，請跟我來。」

林東牽著高倩的手，跟在鄧彥強的身後，隨著他進了電梯。

食為天最好的包廳在第三層，本來已經被人預定了，但因為林東要來，鄧彥寧願得罪顧客，也硬是把最好的包廳留給了林東。

「董事長，就是這兒了。」鄧彥強推開廳門，立在廳門旁，恭敬的像個侍者。

林東抬頭一看，門上紅色的匾額上寫著松鶴廳三個大字。進門一看，果然裝飾得頗有古風，對著門的那面牆壁上，鑲嵌了一幅巨大的山水畫，波濤之上，雲海之下，一株巨大的松木傲然挺立，其上白鶴盤飛，寥寥數景，宏大深遠的意境就被勾勒了出來。

「老鄧，別在外面站著了，現在正是用餐時間，飯店那麼忙，你隨便給我派個服務員過來就行了，不必自己在這盯著。」林東遞給鄧彥強一根香煙，說道。

鄧彥強受寵若驚的從林東手裏接過香煙，「董事長，我今天就在這給你服務生，下面的人我怕伺候不周。」

林東揮揮手，「真的不必，我這次在這裏請的是朋友，現在的身分就是一個來這裏吃飯的消費者，不是什麼董事長。你快去吧老鄧，不然我可要批評你了，放著其他顧客不管不問，這可是瀆職！」

鄧彥強被他那麼一說，也不好死皮賴臉的站在這裏不走，說道：「董事長，那我就下去了。」

林東點點頭，等鄧彥強走後，給譚明輝發了條簡訊，告訴他在三樓的松鶴廳。

六點半，譚明輝和一個身材矮小的男人進了松鶴廳。

林東起身相迎，笑道：「譚二哥，介紹一下。」

譚明輝拍了拍身旁那矮個子男人的肩膀，介紹道：「孫茂，我一哥們，長安安保公司的老闆。」然後對孫茂說道：「這是林東，也是我哥們，這小子身上掛著幾個名頭，你記住他是亨通地產董事長就行了。」

孫茂把頭上戴的鴨舌帽拿了下來，露出一個大光頭，伸出手，笑道：「林老闆，幸會幸會，我今天是跟著老譚蹭飯來的，您不介意吧？」

林東哈哈笑道：「孫老闆說的什麼話，譚二哥的兄弟就是我的兄弟，來，請入座吧。」

眾人坐下，林東指著坐在他身旁的高倩道：「譚二哥、孫老闆，這是我女朋友高倩，今天到溪州市來看我，我就把她也一併帶過來吃飯了。」

譚明輝眼光從高倩臉上一掃，嘿嘿笑道：「林老弟，你找了個好女朋友啊。你瞧小高的模樣多俊俏，我看她面相，也是出自生富貴家庭。對了小高，你是蘇城人吧？」

高倩點點頭，「譚二哥，我是蘇城的。」

譚明輝沉吟了一下，「蘇城姓高的有名頭的人物不多，我只想起一個來。小高，你不會是……」

「我父親名叫高紅軍。」高倩面帶微笑道。

譚明輝倒吸一口涼氣，看了孫茂一眼，對方的表情也十分驚訝。

「天吶，原來是高五爺的女兒。小高，你不知道，我和孫茂曾經都把高五爺視作偶像呢。」譚明輝興奮的說道。

孫茂今天是帶著目的來的，言語中透著巴結林東的味道，「將門虎女啊！老譚，你瞧小高，長得跟五爺至少有七分相似。」

譚明輝點點頭，「是啊。」

鄧彥強把食為天裏最好的女侍小娟給調了過來，並告訴小娟，松鶴廳裏的客人是集團的董事長，讓她千萬小心的伺候著。

小娟站在後面聽林東他們聊了一會兒，上前問道：「董事長，是否可以上菜了？」

「好啊，都餓了，上吧。」他與高倩花了兩個小時打掃了屋子，肚子早餓了。

廚房裏早已將給松鶴廳做的菜做好了，得到指示，立馬就開始往松鶴廳傳菜，如流水一般，空蕩蕩的圓桌立馬就擺滿了。

高倩吃了一會兒，吃了七成飽，放下筷子，對譚明輝和孫茂道：「譚二哥、孫老闆，你們慢慢吃，我吃好了，去裏面的休息室休息一會兒。」她在這裏男人們不好談事情，於是就主動離開了。

高倩去了裏間的休息室，譚明輝就扯出了正題，「林老弟，你一上任就把你公司的保衛處裁了，這事已經在溪州市的商圈內傳開了。那你們公司的安保工作是怎麼考慮的？」

林東道：「我早已想好了，請專門的保安公司。」

譚明輝道：「那就巧了，孫茂的公司正好是做這一塊的，你們好好聊聊，看看有沒有合作的機會。」

孫茂率先開口，「林老闆，我的安保公司成立有十年了。十年前，我退伍之後無事可做，就把那些和我一樣同樣無事可做的退伍軍人召集到了一起，成立了這個長安安保公司。我公司的名聲在溪州市這一塊是非常好的，這個你可以打聽打聽，五大行的安保工作全部是由我的公司承保的。如果林老闆需要保安公司，請優先考慮考慮我的公司。」

林東之前讓周雲平對溪州市的幾個大的安保公司做過調查，從各方面來看，長安公司都是非常具有競爭力的。恰巧今天譚明輝帶來的孫茂就是長安公司的老闆，他也可以賣個人情給譚明輝。

「長安安保公司的確是本地業內的一塊招牌，我也很有興趣和孫老闆合作。」林東頓了頓，「只是不知價錢方面……」

孫茂一拍胸脯，「林老闆放心，我和老譚是幾十年的交情了，你是他的兄弟，就是我的兄弟，價錢方面，絕對給你最優惠的。」

譚明輝幫襯道：「林老弟，孫茂公司的員工可清一色都是退伍軍人，素質高，守紀律，口碑很不錯。」

林東點點頭，舉杯道：「孫老闆，那咱這事就算定下了，改天你到我公司來一趟，具體的細節咱們再商量商量。」

孫茂舉起酒杯，「好，林老闆，兄弟我先謝謝你了，來，乾了」

譚明輝滿臉紅光，為能撮合成功這樁生意而高興，心想林東這小子不錯，不忘舊情，是個值得深交之人。

三人喝了三瓶茅台，譚明輝有點喝多了。孫茂也有了七八分醉意，一個勁的聊當年在部隊裏的事情，也不管林東愛不愛聽。晚上十點，酒乾菜冷，孫茂扶著譚明輝先走了。

林東走到裏間的休息室，對高倩道：「倩，結束了，咱們回去吧。」

高倩已經看了很久的電視，早就想回去了，但男人們在外面談事情，她也不好打擾，等林東說可以回去了，立馬從沙發上站了起來，挽著林東的胳膊就往外走。

小娟站在門口，見林東出來，深深鞠了一躬，恭敬的說道：「董事長慢走。」

林東和高倩到了一樓大廳，鄧彥強已經在那等候了，迎上前來，道：「董事長，您喝了酒，我已經安排好了駕駛員送您回去。」

林東笑道：「老鄧，你瞧我這樣子像是喝醉了嗎？」

鄧彥強看了看林東，搖搖頭，的確沒有發現林東有任何醉酒的跡象，但仍是不放心的道：「董事長，您畢竟喝了酒，自己開車，我不放心吶。」

「老鄧，你的心意我理解，放心吧，我不開車，我女朋友來開，她沒喝酒，你總該放心了吧。」

鄧彥強做足了功夫，就是為了討好林東，既然心意已經送到，他也就不再說什麼了，把林東和高倩送到門外，一直看著他們的車消失在視線中，這才轉身進了酒店，長長出了一口氣，一抹腦門，滿手都是汗。緊張了一晚上，好不容易把林東送走了，心想總算是可以放鬆一下了。

「老鄧。」

鄧彥強聽到身後有人叫他，轉身望去，林東去而複返了

「董事長，您怎麼回來了，是不是落了什麼東西？」鄧彥強緊張兮兮的問道。

林東笑了笑，「我什麼也沒丟，就是忘了結賬了。」

鄧彥強「啊」了一聲，「董事長，結什麼帳？您在這吃飯不需要結賬的。」

林東擺擺手，「不行，我是以私人的身分請的朋友，不能算在公司的賬上。」

他走到櫃檯，問收錢的櫃員道：「剛才松鶴廳那桌酒席多少錢？」

女收銀員認得這是集團的董事長，不知所措，看了看鄧彥強，似乎在等待他的指示。

「董事長，真的沒必要這樣。這飯店是您的，哪有在自己家的飯店吃飯還付錢

的道理？」鄧彥強苦口婆心的道。

林東執意不肯，「誰說這飯店是我的？是所有股東的。如果是因為公事請客吃飯，我一定不會給錢，但今天我是一個顧客的身分來的，飯錢必須自掏腰包。我之所以把請朋友到這裏吃飯，不是為了貪便宜，是因為不想肥水流入了外人田裏。老鄧，你要是再這樣，我可要批評你公私不分了啊！」

鄧彥強哭笑不得，哭著一張臉，對收銀員道：「給董事長打個八折。」

女收銀員得了老總指示，笑著對林東道：「董事長，您一共消費了三千元，打八折就是兩千四。」

林東掏出一張卡，遞給女收銀員，對鄧彥強道：「老鄧，謝謝你的折扣。」刷了卡，林東就離開了酒店，高倩還在車上等他。

鄧彥強看著他遠去的背影，自言自語道：「這人是不是傻啊？」

女收銀員附和了一句，「我看多半是這樣。」

鄧彥強搖搖頭，經過今晚與林東的接觸，他對這個新董事長可謂是印象深刻。

林東關上車門，高倩笑問道：「我說林董，您這麼做是犯傻呢？還是沽名釣譽博個名聲吶？」

林東笑道：「你就當我是犯傻吧。」

高倩笑了笑，一踩油門，車子如離弦之箭般衝了出去。

「我說你開車能不能別那麼猛？」林東微微不悅，高車開車總是火急火燎的。

高倩道：「不是我猛，是這車性能強，你給我個普桑，我想猛也猛不起來啊。對了，上次你讓我給你訂的車應該快到了，也許你回家的時候就可以開著新車回去了。」

自從上次Ｑ７掉進了河裏之後，撈上來已經報廢了。林東心想索性就重新買一輛，就讓高倩給他從德國訂了一輛賓士Ｓ６００。

晚上十一點，二人回到了榮華名邸的別墅。

一進門，高倩就勾住了林東的脖子，杏眼迷離的看著他。

「怎麼了，想了？」林東低聲道，呼出來的熱氣吹在高倩柔軟的耳根上，有一種酥酥麻麻的感覺。

「嗯。」高倩嚶嚀一聲。

林東一用力，把高倩攔腰抱起，幾步就上了樓梯。

「我們去洗個鴛鴦浴。」

第十章

窮追不捨的愛

「姓李的沒個性，我不喜歡。林東，只要你一天沒結婚，我就可以纏著你一天。你可以試著和我交往，我家裏有錢，我年輕漂亮，而且身材也很好，說不定在交往的過程中你就愛上了我，到時候你把你現在的女朋友踹掉，和我結婚。我家裏人一定會幫助你的，到時候你的事業會更成功。」金河姝道。

「你腦殘吧你！」林東吼道，「沒見到上次你哥看到我的表情嗎？我們兩是死敵，指望也幫我，真是笑話！」

第二天早上，林東剛進辦公室，就見江小媚坐在外面那間辦公室的沙發上。

周雲平道：「林總，江部長在這等你好久了。」

林東點點頭，問道：「小周，鼻子怎麼樣？」

「不疼了，不礙事。」周雲平答道。

林東轉而對江小媚笑道：「江部長，請進吧。」

進了裏間的辦公室，二人落座。

江小媚道：「林總，我把急需維護關係的人員名單列了出來，方案也附在了後面，請您過目。」

林東拿過來看了看，名單上的人有的是溪州市政府裏面的領導，有的是銀行的主管，還有一些媒體的朋友，每個人的身分背景都介紹得很詳細，難能可貴的是，江小媚還針對不同的人設定出了不同的方案。

總體來說，林東對這套方案非常滿意，看得出來江小媚只要用心去做，絕對可以做得很好，是個很有能力與美貌兼具的女人。

「費了不少心思吧？」林東合上方案，看到江小媚的眼圈微黑，「昨晚熬夜了？」

他是昨天才把江小媚叫進辦公室，提醒她趁年底維戶一下老關係。江小媚今天一早就交出了方案，如果不是她事先早有準備，就是她熬了一宿的夜趕製出來的。

江小媚打了個哈氣，笑道：「林總真是觀察入微，昨晚加了點班，時間緊迫任務重，再不加緊恐怕就來不及了。那這套方案您覺得怎麼樣？」

「很好，就照你的方案來吧。需要多少經費，去找財務部的芮朝明，我會打電話告訴他，讓他配合你。」林東道。

江小媚努力的結果得到了肯定，神采飛揚，也不覺疲倦了，「林總，那我去做事了。」

林東點點頭，「好，你去吧，如果需要我陪同，提前告訴我。」

江小媚微笑點頭，抱著方案高高興興的出了他的辦公室。

上午，穆倩紅給林東打了個電話。

「林總，尾牙的酒店我已經訂了，你看臘月二十四那天晚上可以嗎？」

林東一想那天晚上他也沒什麼事情，就說道：「好啊，那就那天吧。」

掛了電話，林東才想起亨通地產這邊的年夜飯還沒有準備。不管公司業績的好壞，尾牙這頓飯是免不了的。坐在辦公室裏想了想，讓周雲平打電話把食為天的老總鄧彥強叫過來。

鄧彥強接到董事長秘書的電話，說是林東有事找他，一顆心七上八下，心想難道昨晚招呼不周，董事長要秋後算賬了？

鄧彥正兒八經的敲門進了林東的辦公室，垂手彎腰道：「董事長，您找我？」

林東道：「老鄧，是這樣的，公司尾牙那頓飯還沒著落，找你過來問問食為天那邊有沒有時間安排一下？」

在過年的前一月，食為天就已經接到了許多公司的預定，每天幾乎都排得滿滿的。不過老謀深算的鄧彥強留了個心眼，按照以往亨通地產吃尾牙的日期，在那天把最大的餐廳留了下來。

「董事長，巧了，臘月二十三的那天晚上，宴會廳我留了下來。每年集團都是在那天辦的尾牙，您看今天是不是……也還在那一天？」鄧彥強小心翼翼問道，他生怕這新董事長不走以前的老路數，如果要他在別的時間給他留出空包間，那就完蛋了。

「行，就那天。老鄧，你也別去花心思準備了，就按以往的辦。」林東笑道。

鄧彥強顯然沒想到林東答應得那麼痛快，甚至連要求都沒有提，在心中反覆將汪海與林東對比了一下，發現還是這個新的董事長好伺候。

「董事長，那我回去安排了，您忙吧。」

「好，你去忙吧。」

中午吃完午飯，林東在休息室裏睡了一覺，裏面的大床，躺上去比他家裏的還要舒服。

林東睡了一覺，兩點鐘的時候，周雲平把他叫醒了。

「林總，長安安保公司的孫總要見您，說是跟您約好的。」

林東沒想到孫茂那麼快就來了，對周雲平道：「請孫老闆到會客室稍坐，我馬上過去。」

周雲平點點頭，出去了。

林東起床洗了把臉，精神抖擻的走出了休息室。孫茂在會客室坐了不到五分鐘，林東就出現了。

「孫老闆，久等了，失敬失敬。」

林東走過來時，孫茂站了起來，掏出煙遞給林東。林東用手擋住了，從兜裏摸出煙盒，掏了根煙遞給孫茂，「孫老闆，你進門就是客，哪有你敬我煙的道理？」

孫茂當過兵，性格豪爽，也不推辭，就接下來了。

二人分賓主落座。

「林老闆，兄弟我是個粗人，不會繞彎子，今天來找你，就是來談談兩家合作的事情的。」孫茂開門見山直說道。

林東笑道：「好啊，早談晚談都要談，既然孫老闆來了，咱們就好好談談。」

孫茂笑道：「我剛才是爬樓上來的，對這個大廈也有了初步的瞭解，我說說我的意見吧。亨通大廈一共二十一層，依我看來，有三十名保安就差不多了。」

保衛處原來有將近五十人，現在孫茂說有三十人就差不多了，林東心想孫茂是個厚道人，沒欺負他外行而誆他。

「孫老闆，這個我不懂，您就跟我說說，多少人，一年給多少錢吧。」

孫茂拍著胸脯道：「你是老譚的兄弟，我不會誆你的。林老闆，我給你三十人，每年給我一百零八萬，如何？」

林東心算了一下，三十人，每年一百零八萬，平均每人每月三千，而保衛處處長周建軍一年的年薪就有二十萬，加上福利和獎金，至少三十萬，下面的五十來個保安，每個月也得發三千塊左右的工資。如此算來，裁掉保衛處絕對是划算的。

「孫老闆，我也不跟你多要求什麼，你看這樣行不行，零頭去掉。」林東曾經在銀行裏蹲過點，和那裏的保安很熟悉，知道他們的月薪不過一千八左右，所以一年給孫茂一百零八萬，孫茂的利潤十分可觀，這就還有討價還價的空間。

孫茂公司的保安都是退伍的士兵，孫茂這人為人慷慨大方，所以開的工資要比別的安保公司高，畢竟他公司的那些保安素質都是很優秀的。他心裏算了一下，每個月每個保安的工資是兩千塊，三十人一年就是七十二萬，扣除保險和福利，每年的利潤還能有二十萬左右。

譚明輝私下裏曾告訴過他，不要著眼於眼前的蠅頭小利，說林東的發展前景無可限量，要他好好打好關係。

「林老闆，那就那麼說定了，你看咱們什麼時候把合同給簽了？」孫茂問道。

林東道：「這還有幾天就過年了，我看就年後吧。你看怎樣？」

「行。」孫茂道，「既然事情已經談成了，那我就不打擾了，改天我約上老譚和你，咱三人再敘敘。」

林東把孫茂送到門外，孫茂止步，道：「林老闆，留步吧，別送了。」

林東與孫茂握手道別，「那好，孫老闆慢走，咱們改日再聚。」

林東進了辦公室，臨近年關，事情特別多，一坐下，就開始沒完沒了的看文件。高倩早上就回去了，每近年關，證券公司那些做業務的員工也很忙，為了維護好關係，不得不放血買禮物送給一些大客戶。除了當初林東給高倩的那幾個客戶，高倩開發的都是證券資產過百萬的大客戶，所以過年的時候她也特別忙，整天在外面跑。

太陽下山之後，林東總算處理完了公務，伸了個懶腰，起身打算去倒杯水喝，就聽外面那間辦公室裏傳來了一個女人的聲音。

「林東在哪？」來人似乎氣勢洶洶。

周雲平見這人直呼老闆的名字，小心翼翼的問道：「請問你是哪位？找林總有什麼事情？」

「少廢話，告訴我他在哪，我要見他。」

林東聽出了這聲音，腦子裏冒出來一個名字，金河姝！她怎麼找到這兒來了？

周雲平見苗頭不對，笑道：「不好意思，林總他已經下班了。」

金河姝朝裏間那間辦公室看了一眼，從門縫中看到了燈亮，冷冷一笑，抬腿就往那裏走去。

周雲平趕緊過來擋住了她的去路，「這位女士，我們林總真的不在。」

這時，林東放在桌上的手機忽然響了起來，鈴聲從裏面傳出來。金河姝盯著周雲平的眼睛，冷笑不止，「還騙我，讓開！」

周雲平眼見謊話被揭穿了，臉一紅，仍是擋在金河姝的面前不肯讓開，心想這說不定是老闆惹下的風流債，人家找上門來了，他得替老闆擋住。

林東看是李庭松打來的，接通了電話，就聽李庭松心急火燎的說道：「老大，金河姝可能去找你了。她找不到你，纏了我半天，我就說你可能在溪州市。後來公司有事，我一時忘了告訴你，剛才下班了才想起這事，你趕緊找個地方躲躲吧。」

林東歎道：「老三，沒地方躲了，那丫頭已經到我這兒了，堵著我的門，我想跑也跑不了。」

「老大，你好自為之吧，我開著車呢，掛了啊。」李庭松說完就掛了電話。

「滾開！」金河姝見周雲平死活擋著她，不讓她進去找林東，有些怒了。

周雲平見這小姑娘發起脾氣來還挺可怕的，但他一大老爺們也不好意思在一小女孩面前認慫，挺起胸膛，就是不讓開。

金河姝指著周雲平的臉，怒道：「小四眼，我再問一句，你到底滾不滾開？」

「我又不是車輪子，不會滾。」周雲平冷哼道。

「好，有種，那就別怪我不客氣了。」金河姝使起了大小姐的脾氣，伸出一根手指，輕輕的在周雲平的鼻子上點了一下。

周雲平沒想到她會這麼來，鼻樑上的傷口還未好，被她點了一下，疼得他眼淚都留下來了，抬起手就想給這小太妹一個巴掌。

「金河姝，鬧夠了沒有！」

林東辦公室的門被他猛的拉開了，怒氣沖沖的看著金河姝。

「這裏是我的公司，不是你撒野的地方，向我的員工道歉！」

金河姝見林東動了真怒，很難理解其中的原因，嚷嚷道：「林東，不就是個員工嘛，你至於為了他跟我發那麼大的火嗎？」

周雲平沒想到林東會為他出頭，心中很是感動，見二人之間的氣氛劍拔弩張，插在中間打圓場，「林總，我沒事的，就是剛才疼了一下，現在已經好了。」

「小四眼，沒你的事，給我滾開。」

金河姝掄起隨身攜帶的包包就往周雲平砸去，林東眼疾手快，一個箭步衝到前面，抓住了金河姝的胳膊，怒吼道：「你瘋夠了沒有！」

他手上使了些力氣，金河姝被林東抓住的手腕處傳來劇烈的疼痛，眼淚花花。

周雲平見形勢不妙，他在這也解決不了什麼問題，拎起包，對林東說道：「林總，我下班了。」一溜煙跑了。

「你……弄疼我了。」金河姝哭哭啼啼道。

林東鬆開了手，為自己剛才的粗魯生出些許的歉意，說了聲：「對不起。」

金河姝擦了擦眼淚，很傷心的樣子，一抽一抽的，「林東，你說你為什麼要為了一個小職員跟我發火？我在你眼裏，連個小職員也不如嗎？」

「這不是你打聽的事，天不早了，趕緊回去吧。」林東道。

金河姝往沙發上一坐，又開始哭了起來，「林東，你知不知道，我去你公司找你，你不在，他們誰也不肯告訴我你在哪裏，後來好不容易從李庭松那裏問到了你在哪裏，我辛辛苦苦跑來，你連一個笑臉都不肯給我，我到底哪裏不好，那麼遭你生厭？」

林東歎道：「金河姝，你沒有哪裏不好，我也不討厭你。」

金河姝仰起臉追問道：「那你告訴我，為什麼你那麼不想見我？」

「我……我是個有女朋友的人，不見你，那是為了你好。」

金河姝是金大川的掌上明珠，是金枝玉葉的千金大小姐，身後向來不乏追求者，但卻沒有一個她看得上眼的，但自打在生日聚會上見到了林東，從他身上看到了與其他男生的不同之處，哪些不同深深的吸引著她，唆使她去對這個男人進行更深入的瞭解。

令她沒有想到的是，林東是見她就躲，這讓她的自尊心傷害極大，同時也激起了她不認輸的性子，誓要把林東追到手。

「我現在很難過，你若是真心為了我好，就應該想辦法讓我開心起來。」金河姝不依不饒的道。

林東十分苦惱，可怕的九〇後，根本無法與他們交流，「你出去吧，我下班了，要鎖門了。」

金河姝拎起包走到外面，「好了，正好你下班了，否則又要說我耽誤你工作時間。走，我請你吃飯，你跟我好好聊聊。」

林東鎖了門，道：「金河姝，我不需要你請客，我只求你趕緊回去吧，不要讓你的家人擔心。」

金河姝心中一喜，問道：「林東，你是擔心我嗎？如果是，我就開心了。」

林東無可奈何，真是和她說不通道理，索性什麼也不說了，邁開步子往電梯走去。金河姝人矮腿短，跟不上他的步子，只能跟在後面一路小跑。

電梯門開了，金河姝搶先一步衝了進去，卻哪知林東沒進去，反而按住了關門的那個按鈕。

擺脫了金河姝，林東走樓梯下樓。哪知剛到下一層，就撞見了金河姝。

金河姝被林東騙進了電梯之後，氣惱萬分，不過腦子卻並不糊塗，估計林東多半要走樓梯來擺脫她，於是就在下一層出了電梯，跑到樓梯那邊堵他，果然不出所料，在樓梯那裏碰見了林東。

「林東，你太過分了，你怎麼能那樣對我？」

林東搖頭歎氣，金河姝就像一塊牛皮糖一樣黏著他，怎麼甩也甩不掉，當真令人頭疼。

「金大小姐，我求你饒過我吧。我有女朋友了。」

金河姝道：「女朋友？那就是沒結婚嘍，沒結婚就不要緊，你還可以和我交往，不必擔心。」

林東道：「就快要結婚了，明年就結婚。求你放過我吧，李庭松就不錯，人長得帥氣，而且又是當官的，多好的男人。」

「姓李的沒個性，我不喜歡。林東，只要你一天沒結婚，我就可以纏著你一天。你可以試著和我交往，我家裏有錢，我年輕漂亮，而且身材也很好，說不定在交往的過程中你就愛上了我，到時候你把你現在的女朋友踹掉，和我結婚。我家裏人一定會幫助你的，到時候你的事業會更成功。」

「你腦殘吧你！」林東吼道，「沒見到上次你哥看到我的表情嗎？我們倆是死敵，指望他幫我，真是笑話！」

金河姝一愣，想起上次生日會上，她哥哥金河谷和林東的明爭暗鬥，才覺得林東說的有些道理。

「林東，你放心吧，我哥哥最疼的人就是我。你不要怕他，只要你跟我好了，我跟他求求情，讓他以後不要為難你，你們會成為好朋友的。」

林東深吸了一口氣，厲聲道：「金河姝，你聽好了，我不喜歡你，我們之間沒有任何可能。再者，你並不是喜歡我，你只是因為你的蠻橫與專制，長久以來想擁有什麼就擁有什麼，遇到一個不對你巴結討好的男人，你就想要征服他，你只不過是把他看作與你所擁有的東西一樣，是個物品。你說你喜歡的是我的個性，試問，如果我答應和你在一起，我是不是就喪失了你喜歡的所謂的個性，到時候你會不會又覺得無趣了？聽明白了嗎？不要纏著我了，你喜歡的不是我。」

聽了他長長的一段話，金河姝呆立在當場，一時難以理解。

林東也不管她，朝電梯走去，一個人下了樓。

過了許久，金河姝才回過神來，彼時，林東早已開車離開了亨通大廈。金河姝悵然若失的進了電梯，腦子裏一直在思考林東剛才說的那些話。到了外面，掏出手機，不知怎麼的就想到了李庭松，發了條簡訊給他，「你可不可以陪陪我？」

李庭松正在家裏打遊戲，看到放在鍵盤旁邊的手機亮了，瞥了一眼，看到螢幕上金河姝的名字，立馬扔了滑鼠，抓起了手機，看了簡訊，立馬回了過去。

「你要我陪你幹嘛？」

「陪我哭。」

「你在哪？」

「溪州市。」

「我去接你。」

李庭松換好衣服就出了門，李母看到他那麼慌張的出門，追到院子裏，問道：「庭松，那麼晚了你去哪兒？」

「媽，我去見個朋友。」李庭松邊說話邊往車子走去。

「男的女的？」李母母追問。

「女的。」李庭松頭也不回的道。

李母一聽是女的，非常開心，對兒子道：「庭松，那你趕緊的，別讓人家等，晚上晚些回來也不要緊。」

李庭松最煩母親囉嗦，開著車就出了門，到了路上，就給林東打了個電話。

「喂，老大，你把金河姝怎麼了？」

林東道：「我沒怎麼樣，就是把道理說給她聽了。」

李庭松道：「唉，我擔心她想不開啊。我正往溪州市去呢，不說了，找到她我給你發個簡訊。」

林東道：「好，你小子把握好機會，她這時候最需要人安慰，也是你趁虛而入的最佳時機。」

李庭松笑了笑，「老大，我沒那心思，只希望她開開心心的。」

「你小子高尚，小心開車，不說了，掛了。」

和李庭松通完電話，林東剛想出門去商場裏轉轉，看看給父母買點什麼東西帶回去，還沒走出門，就聽到兜裏的手機響了，拿出一看，號碼是老家隔壁林輝叔家的，心知是他媽打來的。

「喂，媽，還沒睡啊？」

林母見許多在外地打工的年輕人都陸續回家過年了，所以就打電話過來問問兒子什麼時候回來。

「東子，今年過年回來不啦？」

林東笑道：「過年了怎麼能不回去，媽，我臘月二十五就回去了。」

林母知道了兒子回來的日期，心裏有了盼頭，「東子，那我明天就去鎮上把年貨都辦齊了，等你回來，想吃什麼跟媽說。」

林東心裏淌過一絲暖流，「媽，只要是你做的，我都愛吃。家裏有錢置辦年貨嗎？」

林母笑道：「你這孩子，每個月都給家裏匯兩萬塊錢，我和你爸一年也花不了一萬塊，怎麼可能沒錢呢？」

「爸呢？」林東問道，想和他爸講兩句。

林母道：「你爸給村裏幾戶人家殺了一天的豬，累了，已經躺下歇息了。對了東子，你爸吃晚飯的時候跟我說，今年圈裏的那頭肥豬不賣了，留著自家吃。」

柳林莊有過年殺豬的傳統，每逢年關，站在村口，每天都能聽到豬的慘叫聲。往年林東家裏日子過得艱苦，所以很少殺豬。但林父除了一把瓦刀使得很好之外，屠刀也使得不賴，是遠近聞名的小刀手，柳林莊家家戶戶過年殺豬，都離不開他掌刀。請他殺豬的人家為表答謝，經常會給些東西給他，比如豬肉、排骨和大腸之類的，所以林東每年在家過年，豬身上的東西是吃得最多的。

「媽，別買煙酒了，你告訴我爸，我給他買了好煙好酒。」

林母眼睛濕潤了，兒子掙錢了，想到給爸媽買東西了，笑道：「你爸知道一定很開心。」

掛了電話，林東抹了抹眼角，深深吸了一口氣，這才出了門。

開車到了商場，各式商品，琳琅滿目，看一樣喜歡一樣，但一想買回去並沒有什麼用。父母是老實的農民，要買些實惠的東西，那才是他們喜歡的。

在商場裏看到一家金氏玉石行，林東走了進去。快過年了，許多人拿到了紅包和年終獎，所以一向冷清的玉石店的生意也紅火了起來。

林東走到玉石行經理的面前，笑問道：「你好，請問你們這個金氏玉石行是不是蘇城金家開的？」

那經理上下打量了林東幾眼，點點頭，「不錯，我們這是分店。先生，金家的貨品質有保障，您看好什麼可別猶豫，快過年了，我們會稍微優惠點，等過了這好時間，立馬就會恢復原價。」

林東看了一圈，看上了一個翡翠煙槍和翡翠鐲子，煙槍標價四萬八，鐲子標價五萬八。林東打眼一看，並沒有從這兩件東西的身上吸收到多少靈氣，便知是普通貨色，賣那麼高的價錢，純粹是為了騙那些不懂玉石的顧客的。

他想起歷史上呂不韋問他父親的那段話，他問經營珠玉能獲幾倍的利？呂父說百倍。可見玉石這個行業的利潤有多麼可觀。要麼不開張，開張吃三年。這話說得一點不假。

「經理，這兩樣東西給個實誠價，合適的話，我就買了。」

那經理笑道：「先生，我們的價已經很實誠了，這兩樣東西都已經是很優惠的價格了，前兩天那鐲子還賣六萬呢。」

林東笑道：「你這話騙騙外行人還可以，騙不了我這雙眼睛。這兩樣東西都不是什麼上等貨，用料全是邊角料，次貨。你瞧瞧這鐲子，色泛白，明顯是三流的貨色。」

那經理收起了笑容，心知是來了行家了，把林東拉到一邊，「先生，既然你那麼說了，我求您也別聲張，不要影響了我們做生意。您出個價錢，我看合適就賣給您。」

林東道：「我和你們金大少也是熟人，就給他多賺點，我也不挨個跟你談價錢，兩樣東西我出一萬五。」

那經理皺起了眉頭，「先生，太少了吧，咱這門面費一年可要幾百萬呢，您再多出點。」

「我也不為難你了，最多兩萬，不賣的話我也就不買了。」林東笑道。

那經理低頭想了想，金家的每個門店每年都有銷售任務，排名靠前的店面主管會有一筆豐厚的獎金，所以每到快要過年，金家下面的門店就開始搶著出貨。那經理知道這東西的低價，握住林東的手，「先生，成交了。」

林東笑道：「給我弄個漂亮盒子包好，我送人。」

經理笑道：「這您放心，包您滿意。」

刷了卡，林東領著包裝好的盒子就走了。煙槍是買給父親的，父親依然如他爺爺那一輩人那樣喜歡自己捲煙抽，有了這個煙槍，那些自己卷的煙也就不會抽起來那麼嗆人。

至於那翡翠鐲子，林東是買給母親的。他記得大二的暑假，母親的手上還是有個玉鐲子的，後來做事的時候不小心被磕壞了，母親為此還偷偷流了幾天眼淚，那可是已故的奶奶輩輩相傳下來的東西。

林東忽然想起柳枝兒很喜歡那個鐲子，母親也曾說過要把祖上傳下來的玉鐲子傳給柳枝兒。他忽然停下了腳步，仰面呼了口氣，轉身朝回走去。

那經理見他去而複返，心裏有種不好的預感，這傢伙不會是來退貨的吧？

「經理，那鐲子我不要了。」

那經理一愣，心想果然被我猜中了，正色道：「先生，如非品質問題，我們這裏是不退貨的。」

林東道：「如果我說是為了換個更好的呢？」

那經理立馬展顏一笑，「退，現在就給您退貨。先生，您想要什麼貨色的？」

「把你們這兒最好的鐲子拿給我看看。」

這經理早看出來林東是個有錢的主兒，立馬把鎮定之寶拿了過來，「先生，您瞧這件怎麼樣？這可是咱們的鎮店之寶。」

林東打眼一瞧，瞳孔深處的藍芒像是受到了外界某種東西的吸引，蠢蠢欲動，似乎欲要衝破眼球。

那翡翠鐲子靜靜的躺在木櫝之中，色澤碧翠欲滴，燈光照耀之下，宛似有水波在其中流動似的，觸手冰涼。一股清涼之氣湧入眼中，林東感覺到瞳孔中的藍芒好似餓了許久的餓狼，在清涼之氣湧入的那一剎那，飽餐了一頓，這個饜懶的傢伙，又遁入瞳孔深處睡覺去了。

這件翡翠玉鐲的質地無需置疑，的確是上等的翡翠。

「多少錢？」林東問道。

那老闆知道林東是懂行之人，也不敢胡亂開價，說道：「先生，這件東西的成色在這兒了，價錢不便宜，五十八萬，這是實誠價。我們對外的標價可是九十八萬。」

林東心知這東西的真正價值在四十萬左右，但他不是來淘寶撿漏的，什麼東西在商場裏都要比外面貴些，這玉石行也是一般無二，說道：「經理，五十萬，你要是賣，我買一對。」

那經理聽說林東要買一對，故作沉吟，裝出很為難的樣子，好似猶豫再三才答應，「好的，先生，只當是我賠本交個朋友，五十萬一個，您拿走。」

林東刷卡付了錢，拎著東西走出了金氏玉石行。這兩個翡翠鐲子，一個給母親，另一個卻不知能不能送出去。就快要回家了，和柳枝兒一起經歷過的歲月歷歷在目，不斷的在眼前浮現出來。

那是一段兩小無猜的快樂時光，卻以一個悲劇作為結局。

他在商場裏逛了一圈，發現也沒什麼可買的。他想到的高倩都想到了，在她給父母的禮物中應有盡有，什麼也不缺。想起高倩為父母買的那些禮物，林東的心中忽地湧起一陣陣的愧疚。

他與柳枝兒青梅竹馬不假，但與高倩也是真情實感。高倩在他人生最灰暗的時候出現在他的身邊，給予他莫大的鼓勵與幫助，他不能忘恩負義，但心底對於柳枝兒的那段情，卻時常湧出來作祟，尤其是當他聽到林翔講訴柳枝兒如今過得如何的不好，他更是心痛如刀絞，恨不得立馬飛撲到她身旁，拯救她於水深火熱之中。

林東回到榮華名邸的別墅裏，想起要給溫欣瑤打個電話，聊一聊最近的情況。電話接通之後，就傳來溫欣瑤清脆的笑聲。

「林東，最近怎麼樣？」

林東聽到她的笑聲，心中的鬱結竟在不知不覺中消散了，心情好了不少，笑道：「溫總，快過年了，很忙，你呢？」

溫欣瑤道：「我這邊都還好，早就習慣了。」

接下來，林東和她聊了聊金鼎投資的一些情況。

「我聽說你把汪海的股權全部收購了？」溫欣瑤問道。

林東答道：「嗯，也不知這次的投資能不能盈利。」

溫欣瑤道：「林東，我有個不成熟的建議，我姑且言之，你姑且聽之，我的話僅供參考。在美國這邊，住宅房業已趨近飽和，現在風光的地產公司都是那些曾經早早的進軍商業辦公大廈的那些地產公司。國內大大小小的地產商多如牛毛，要想脫穎而出，你得先人一步，摸到市場未來的需求。」

林東在電話裏沉默了半晌，溫欣瑤的話給了他很大的啟發，一直以來，他也在思考如何在眾多地產公司中突圍，但是一直苦思無果。據他目前對國內行業內的瞭解，專注於商業辦公樓的地產商並不多。這或許是個商機。

「溫總，謝謝你，你總能在我迷茫的時候給我啟發。」

溫欣瑤笑了笑，「謝什麼，我們是朋友。」

林東想起一事，問道：「對了溫總，今年過年你回來嗎？」

溫欣瑤道：「這邊的事情走不開，不回去，怎麼了？」

林東道：「你在國內有什麼親戚朋友需要我拜會問候的，我可以幫你。」他並不知道溫欣瑤的父母都在美國，國內也沒有什麼親戚。

「謝謝你林東，我在國內沒有親戚。」

「那你父母呢？」林東追問道。

「他們……」溫欣瑤欲言又止，「他們在我這邊。」

林東笑道：「噢，原來是我多操心了。溫總，那就這樣吧。」

溫欣瑤道：「嗯，國內現在快十二點了吧，你趕緊睡覺吧。」

和溫欣瑤通完電話，林東心裏舒暢了許多，在室內的跑步機上跑了半小時，出了一身的汗，然後在浴缸裏泡了個熱水澡，整個人徹底的放鬆下來。一夜無夢，安睡到天明。

第二天早上，林東還未醒來，就被手機的鈴聲吵醒了。一看號碼是李庭松打來的，想起李庭松說過找到金河姝會發簡訊給他，但是他昨天睡覺前都沒有收到簡訊，心往下一沉，心想難道……金河姝出了意外？

如果真是那樣，他的良心可就一輩子難安了。

請續看《財神門徒》之七　近鄉情怯

財神門徒 之6 險中求財

作者：劉晉成
發行人：陳曉林
出版所：風雲時代出版股份有限公司
地址：105台北市民生東路五段178號7樓之3
風雲書網：http://www.eastbooks.com.tw
官方部落格：http://eastbooks.pixnet.net/blog
Facebook：http://www.facebook.com/h7560949
信箱：h7560949@ms15.hinet.net
郵撥帳號：12043291
服務專線：(02)27560949
傳真專線：(02)27653799
執行主編：劉宇青
美術編輯：許惠芳

法律顧問：永然法律事務所 李永然律師
北辰著作權事務所 蕭雄淋律師

版權授權：蔡雷平
初版日期：2015年7月
初版二刷：2015年7月20日
ISBN：978-986-352-169-3

總 經 銷：成信文化事業股份有限公司
地　　址：新北市新店區中正路四維巷二弄2號4樓
電　　話：(02)2219-2080

行政院新聞局局版台業字第3595號 營利事業統一編號22759935
©2015 by Storm & Stress Publishing Co.Printed in Taiwan
◎ 如有缺頁或裝訂錯誤，請退回本社更換

定價：280元　特價：199元

版權所有　翻印必究

國家圖書館出版品預行編目資料

財神門徒／劉晉成著. -- 初版-- 臺北市：風雲時代，
2015.04 -- 冊；公分

ISBN 978-986-352-169-3（第6冊；平裝）

857.7　　　104003800